SAMTPFOTEN-SCHIKANE

MISS DOLITTLES GEHEIMNIS
BAND 3

MOLLY FITZ

KATZENGEHEIMNISSE

ÜBER DIESES BUCH

Diese beiden Katzen sind nackt und verängstigt … Aber haben sie auch ihre Besitzerin getötet?

Ich habe mich nie bewusst dazu entschieden, Privatdetektivin zu werden, schon gar nicht mit einem überheblichen, sprechenden Kater als Co-Ermittler, aber jetzt gibt es kein Zurück mehr. Vor allem nicht in Anbetracht der Tatsache, dass eine prominente Politikerin direkt bei mir nebenan ermordet wurde.

Die einzigen Zeugen sind die beiden Nacktkatzen der Senatorin, Jacques und Jillianne. Normalerweise wollen uns Haustiere dabei helfen, die Morde ihrer

Besitzer aufzuklären, aber dieses Mal scheint es, als ob die beiden verschlagenen Sphynx-Katzen tatsächlich diejenigen sein könnten, die den Mord begangen haben ...

Überraschenderweise will mein vierbeiniger Detektivpartner Octocat mich dieses Mal sogar unterstützen, allerdings kann er unsere beiden Hauptverdächtigen wegen ihrer seltsamen Ausdrucksweise kaum verstehen. Und ich hatte gedacht, wir könnten das Ding schnell aufklären!

So, da stehe ich nun, und obwohl ich schon zwei Fälle erfolgreich gelöst habe, weiß ich diesmal wirklich nicht, wie ich das anstellen soll. Vielleicht sollte ich mir doch besser einen anderen Job suchen?

ANMERKUNG DER AUTORIN

Hallo. Danke, dass du dieses Buch gekauft hast. Wenn du ebenfalls ein großer Fan von spannenden, schrägen Tierkrimis bist, sollten wir unbedingt Freunde werden.

Wie wäre es, wenn du direkt einmal meine Facebook-Seite besuchst, die ich speziell für meine treuen deutschen Leser eingerichtet habe? Hier der Link dazu: **Facebook.com/Katzengeheimnisse**

Oder melde dich für meinen Newsletter an und sichere dir als Abonnent gratis ein digitales Geschenkpaket, einschließlich einer exklusiven Kurzgeschichte über Octocat: **Katzengeheimnisse.com/Abonnieren**

Ich bin sicher, wir werden eine Menge

Spaß miteinander haben. Also schnell umblättern ...

Wir sehen uns dann auf der nächsten Seite.

MOLLY

1

Hallo, ich bin Angie Russo, und mein Hauskater quasselt in einer Tour. Nein, nein, er maunzt und miaut nicht nur, sondern gibt richtige Worte von sich, die ich verstehen kann. Allerdings bin ich bislang die Einzige, die diese Fähigkeit zu haben scheint, und ich habe immer noch absolut keine Ahnung, warum.

Alles begann, als mir in der Rechtsanwaltskanzlei, in der ich als Assistentin arbeite, ein heftiger Stromschlag von einer defekten Kaffeemaschine verpasst wurde. Seitdem haben Octocat und ich unsere besonderen kommunikativen Fähigkeiten dazu genutzt, um zwei Mordfälle gemeinsam aufzuklären. Und eines steht fest: Wir sind ein ziemlich gutes Team.

Erst vor ein paar Wochen haben wir mit unserer cleveren Detektivarbeit den örtlichen Handwerker Brock Calhoun aus dem Knast gerettet – er war unschuldig. Doch schon kann mein Katzenkumpel es kaum erwarten, einen neuen Fall zu lösen. Offensichtlich ist ihm ein Leben, in dem er den ganzen Tag nur chillt und sich zwischendurch über alles Mögliche beschwert, nicht mehr aufregend genug.

Ich für meinen Teil war mein Leben lang auf der Suche nach dem einen besonderen Supertalent gewesen, das mich richtig erfüllen würde. Grandma hingegen war in ihrer Blütezeit ein Star am Broadway, und meine Eltern arbeiten beide mit Hingabe für den lokalen Nachrichtensender.

Sie alle waren sich ihrer Talente schon früh im Leben bewusst, aber ich habe mich wirklich immer schwergetan, meine wahre Leidenschaft herauszufinden. Ich konnte mich noch nicht einmal für einen bestimmten Uni-Abschluss entscheiden, weshalb ich jetzt sieben verschiedene Associate Degrees habe, also praktisch sieben halbe Bachelor-Abschlüsse.

Ich hätte definitiv nie erwartet, meine wahre Berufung als Anwaltsgehilfin zu finden, besonders wenn man bedenkt, wie sehr ich Anwälte immer gehasst habe. Aber jetzt, wo ich Octocat und meine spezielle

Fähigkeit habe, finde ich, dass die Arbeit in der Kanzlei Thompson, Longfellow & Partner die perfekte Möglichkeit ist, mein neu entdecktes Talent sinnvoll einzusetzen. Außerdem hat der neueste Partner der Kanzlei, Charles Longfellow III. (der Dritte!), schon live mitbekommen, dass ich mit Tieren sprechen kann.

Oh Mann, der Fall war heikel! Charles wurde aber nicht gefeuert. Stattdessen wurde er sogar befördert. Ich war so stolz auf ihn, dass ich ihm noch am selben Tag vorschlug, mit mir ins Lokal „Zum kleinen Hund" in Misty Harbor zu gehen, um das Ereignis mit den weltbesten Hummerbrötchen gebührend zu feiern. Er meinte jedoch, das müssten wir verschieben, weil er schon etwas mit seiner neuen Freundin, Breanne Calhoun, geplant habe.

Ja, das ist so eine Sache, die mir nicht in den Kopf will.

Als ich erfuhr, dass Charles sich jetzt mit der kühlen, schnippischen Maklerin trifft, die wir erst kürzlich des Mordes verdächtigt hatten, war ich schlagartig nicht mehr in ihn verschossen –das musste ein für alle Mal ein Ende haben. Außerdem beschloss ich, Octocat von nun an nicht mehr zu korrigieren, wenn er ihn wieder als „Kotzbrocken" bezeichnen würde.

Der Gedanke an ihn und Breanne zusammen macht mich krank.

Aber vielleicht ist es besser so. Ich muss mich wirklich auf meine neuen Tierflüsterer-Fähigkeiten konzentrieren, und Octocat und ich müssen beide besser darin werden, Fälle zu untersuchen, ohne dass irgendwer Verdacht schöpft. Ich habe also im Grunde gar keine Zeit mehr zum Verliebt- oder Vernarrtsein oder was auch immer ich für Charles empfunden hatte.

Wie dem auch sei, wer braucht schon einen Freund, wenn man eine sprechende Katze hat?

Ich nicht. Also, zumindest im Moment nicht.

In den vergangenen Wochen habe ich viel mehr Zeit mit meiner Mutter verbracht. Seit sie uns bei unserem letzten Fall geholfen hat, den wahren Mörder zu schnappen, ist sie auf einer Art Karrierehoch. Sie konnte damals mit einer Sensationsnachricht aufwarten und schaffte es sogar, bei unserem Showdown mit dem Mörder live mit der Kamera dabei zu sein. Der Beitrag wurde landesweit ausgestrahlt, und sie und mein Vater erhielten daraufhin Jobangebote aus dem ganzen Land.

Zuletzt kam eines aus Texas, glaube ich.

Sie hat jedoch alle abgelehnt, denn sie will nicht weg von hier, solange ich nicht mit umziehe. Aber ich würde meine Grandma nie allein lassen, und Grandma will nicht weg aus der Blueberry Bay.

Wir bleiben also vorerst alle genau da, wo wir sind.

Klar, wenn noch viel mehr Leute von meinem Geheimnis erfahren, werde ich wahrscheinlich irgendwann gehen müssen. Im Moment wissen es insgesamt fünf – meine Großmutter und meine Eltern, denen ich es bewusst erzählt habe, sowie Charles und eine College-Studentin namens Mitch. Letztere haben es beide durch Zufall mitbekommen. Hoffentlich kann ich verhindern, dass es noch mehr werden, aber anscheinend ahnen einige Leute schon etwas.

Und das macht mir definitiv Sorgen.

Besonders, weil meine Mutter mich gerade dazu überredet hat, ihr bei ihren neuesten journalistischen Recherchen zu helfen ...

ch hatte endlich nur noch eine Teilzeitstelle in der Firma, und heute war einer meiner freien Tage. Allerdings war „frei" heute relativ, denn mir stand zu Hause eine größere Aufgabe bevor: Ich musste sämtliche Siebensachen in meinem kleinen

Häuschen, das ich gemietet hatte, zusammenzupacken, und zwar unter der Aufsicht eines sehr anspruchsvollen Katers.

Nicht nur musste ich mich von einer Reihe meiner Habseligkeiten trennen, die er als unpassend empfand, er war auch der Grund, warum ich überhaupt umziehen musste. Zugegeben, ich selbst hatte ihm zuvor versprochen, ihm einen großen Gefallen zu schulden. Dafür durfte ich ihn in ein Katzengeschirr stecken und ihn damit ausführen. Ich hatte allerdings nicht damit gerechnet, dass dieser Gefallen über fünfhundert Quadratmeter groß sein würde.

Er verlangte von mir, das alte Herrenhaus zu kaufen, in dem er mit Ethel Fulton gelebt hatte, bevor sie ermordet wurde und bevor er durch eine wirklich unglaubliche Folge von Ereignissen zu mir kam. Jetzt kostete mich ein Zwölf-Dollar-Katzengeschirr den Großteil der fünftausend Dollar, die ich monatlich für seine Pflege erhielt. Das war mir eine Lehre, und ich habe mir geschworen, dem gnädigen Herrn nichts mehr ohne eine konkrete Abmachung zu versprechen.

Ja gut, mein ehemaliger Chef, Richard Fulton, hat mir wirklich einen großzügigen Preisnachlass angeboten. Außerdem gab es nicht so viele Interessenten für das Haus, als bekannt wurde, dass die frühere

Hausbesitzerin dort ermordet worden war. *Aber trotzdem!* „Fulton Manor" würde mich eine hübsche Stange Geld kosten, nicht nur die Hypothek, sondern auch die vielen Reparaturen, von denen die meisten allein schon aus Sicherheitsgründen unbedingt notwendig erschienen.

Zumindest hatte das der Gutachter so gesagt.

Es ging irgendwie alles wahnsinnig schnell – plötzlich war der Kaufvertrag unterschrieben, und jetzt werden Octocat und ich dort einzuziehen. Es ist schon komisch, wie die Bürokratie die Dinge manchmal extrem verlangsamt, und dann wiederum gibt es Situationen, da sieht man den Amtsschimmel auf einmal davongaloppieren und findet sich in einem neuen Leben wieder. In der Umgebung von Blueberry Bay hielten die Fultons die Zügel jenes Schimmels jedoch fest in der Hand, was für mich von Vorteil war, da ich mit sehr wenig Aufwand an diese Villa kam.

Meine Großmutter, die in meine Katze und mich gleichermaßen vernarrt ist, hatte beschlossen, uns zu unterstützen. Obwohl sie ihr charmantes kleines Haus im Cape-Cod-Stil seit mehr als fünfunddreißig Jahren besaß, meinte sie, es sei nun an der Zeit, es zu verkaufen und mit zu mir in mein neues Heim direkt an der Ostküste zu ziehen.

„Der Unterschied ist", erklärte sie, „dass ich dieses Mal mit dir zusammenlebe und nicht umgekehrt." Dabei hatte sie mich vor weniger als einem Jahr quasi rausgeworfen – nur um jetzt bei mir einzuziehen.

Ehrlich gesagt, ich freue mich total, jemanden zu haben, der die üblichen Spannungen zwischen Octocat und mir zwischendurch etwas abfedern kann. Ich liebe ihn mehr als alles andere, aber er bringt mich auch regelmäßig zur Weißglut, weil er ständig neue, überraschende Wege findet, um die Grenzen auszutesten, die ich ihm zu setzen versuche.

Und so ziehen wir alle dieses Wochenende dort ein, obwohl Grandma noch nicht einmal einen echten Interessenten für ihr Haus hat. Breanne meinte, dass es sich besser verkaufen ließe, wenn niemand mehr darin wohne. Ja, ich konnte auch nicht glauben, dass Grandma ausgerechnet das Maklerbüro Calhoun mit dem Verkauf ihres Hauses beauftragt hatte. Ich sollte dringend mal ein ernsthaftes Gespräch mit ihr in puncto Familienloyalität führen.

Aber zuerst müssen wir den großen Umzug hinter uns bringen.

„Draußen ist gerade jemand vorgefahren", informierte mich Octocat und hüpfte auf das Ende des

Bettes, wo sich gerade der größte Teil meiner Garderobe zum Sortieren befand. Ich nutze den Umzug als eine gute Gelegenheit, Ballast abzuwerfen, auch wenn sich meine Wohnfläche jetzt fast verzehnfachen würde.

Einen Moment später hämmerte jemand an die Haustür und ich vernahm die Stimme meiner Mutter: „Angie? Angie, bist du da?"

„Ich komme!", brüllte ich und ließ einen halbvollen Karton zu Boden fallen.

Ich schob den Riegel zurück, und meine Mutter kam hereingeschossen. „Du errätst nie, was passiert ist!", rief sie und griff sich eine meiner Jacken aus dem Schrank, die sie mir dann aufgeregt zuwarf.

„Was?", fragte ich, noch etwas schläfrig und noch nicht wirklich bereit für einen derartigen Begeisterungsausbruch.

Sie folgte mir in die Küche, wo ich mir eine Dose Diätlimo schnappte und den Deckel zischend öffnete – mein neuester, kläglicher Kaffee-Ersatz-Versuch.

„Lou Harlow wurde ermordet!", kreischte sie entzückt.

„Ähm, Mom. Wie wäre es mit etwas weniger Begeisterung über den Tod von jemandem, bitte?" Lou Harlow war tatsächlich nicht nur irgendjemand. Als Senatorin, also eine der beiden Abgeordneten, die unseren wunderbaren Bundesstaat Maine im Kongress repräsentierten, war sie eine der berühmtesten Personen der Blueberry Bay.

Und jetzt war sie tot. Und aus irgendeinem Grund versetzte meine Mutter das in Ekstase.

„Es tut mir leid. Ich weiß, es ist traurig, dass sie gestorben ist und alles, aber rate mal, wer gebeten wurde, darüber zu berichten?" Sie biss sich auf die Unterlippe und deutete mit beiden Daumen auf ihre Brust, während sie ihre Augen komisch weit aufriss.

„Glückwunsch", murmelte ich, immer noch mit einem mulmigen Gefühl ob ihrer Reaktion auf diese ganze Sache.

„Danke", sagte sie mit einem strahlenden Lächeln. „Die fanden meine Berichterstattung über die Hayes-Morde wohl so gut, dass der Sender jetzt gerne wieder einen investigativen Beitrag von mir hätte."

„Ich freue mich wirklich für dich, Mom." Und das meinte ich auch so. Sie hatte hart gearbeitet, um an diesen Punkt zu gelangen, und jetzt schien es sich endlich auszuzahlen ...

„Gut, denn ich brauche deine Hilfe."

„Was? Nein, nein, nein, nein." Auch wenn ich ihr zugearbeitet hatte, um den wahren Mörder der Hayes zu finden und Brock Calhouns Namen aus dem

Dreck zu ziehen, bedeutete das aber noch lange nicht, dass ich mich direkt in eine weitere Morderermittlung stürzen wollte, vor allem nicht in eine, bei der es um eine so prominente Persönlichkeit ging.

„Angie, du hast gar keine andere Wahl.“

Ich stöhnte und schüttelte den Kopf. „Ja klar, das ist natürlich ein überzeugendes Argument.“

„Die Senatorin wurde in ihrem Haus getötet“, verriet sie. „Und weißt du, wo sich dieses Haus befindet?“

„Irgendwo in Glendale?“, seufzte ich.

„Nicht nur irgendwo“, korrigierte mich meine Mutter mit einem Leuchten in ihren braunen Augen. „Direkt neben deinem neuen Domizil.“

2

Oh nein, das war genau das, was ich an meinem Umzugstag *nicht* brauchte. Meinem neuen Zuhause haftete bereits eine Mordgeschichte an, und nun war das Haus nebenan auch noch zu einem Tatort geworden.

Meine Mutter starrte mich mit großen, funkelnden Augen an. „Und?" Sie stupste mich mit dem Ellbogen an, als ob wir über eine harmlose Reality-Show im Fernsehen tratschen würden. Das war aber kein Reality-TV. Es war tatsächlich das echte Leben. *Mein Leben.*

„Ich kenne diesen Blick", verkündete Octocat von seinem Platz neben mir. „Genauso guckst du, kurz bevor du dich entschließt, etwas Dummes zu tun."

„Na dann, viel Glück bei den Ermittlungen",

murmelte ich und hoffte, die beiden zum Schweigen zu bringen, damit ich mich wieder dem Packen widmen konnte.

Das funktionierte aber nicht.

Sie ergriff meine Handgelenke und versuchte, mich von meinem Stuhl zu zerren. „Komm mit mir. Ich brauche dich", jammerte sie, wobei sie jedes Wort dramatisch in die Länge zog. Kein Wunder, dass sie zur Top-Reporterin von Blueberry Bay geworden war. Selbst ich war jetzt gespannt, was als Nächstes passieren würde, gleichzeitig graute es mir aber auch davor.

Ich entzog mich ihrem Griff und verschränkte die Arme vor der Brust. „Falls du es vergessen haben solltest, ich ziehe heute um und habe noch viel zu tun, bevor die Möbelpacker hier in ein paar Stunden aufschlagen."

Meine Mutter ließ diese Ausrede nicht gelten. Sie trat hinter meinen Stuhl und legte mir die Hände auf die Schultern, was mich zusammenzucken ließ. „Ein paar Stunden? Das ist doch mehr als genug Zeit, um dort mal kurz vorbeizuschauen. Außerdem, bist du nicht neugierig?"

Ich biss mir auf die Lippe und bemühte mich sehr, nichts zu sagen. In Wahrheit verspürte ich in der Tat schon einen gewissen angenehmen Nervenkitzel angesichts der Ermittlungen, die sich da anbahnten. Und obwohl ich heute andere Prioritäten hatte, war ich definitiv fasziniert von dem neuesten Mord in der Stadt, der direkt neben meinem neuen Zuhause geschehen war.

Eine frische Leiche nebenan. Was für ein Willkommensgeschenk!

Als sie merkte, dass sie mich am Haken hatte, machte sie einen auf zuckersüß. Sie legte ihre Wange an meine und kippte meinen Stuhl zurück. „Ich sag dir was: Wie wäre es, wenn du jetzt mit mir kommst, wir sehen uns kurz um, und dann komme ich mit dir hierher zurück und helfe dir beim Packen. Abgemacht?"

Ich seufzte und ließ meine Stirn auf den Tisch sinken. Die Vorderbeine des Stuhls landeten mit einem dumpfen Aufprall wieder auf dem Boden. „Abgemacht", murmelte ich.

„Mittendrin statt nur dabei. Warum überrascht mich das jetzt nicht?" kommentierte Octocat mürrisch, bevor er davontrabte, ohne mich auch nur eines Blickes zu würdigen.

„Juhu!" Meine Mutter klatschte mehrmals in die Hände und begann wieder, an meinem Arm zu zerren. Manchmal habe ich das Gefühl, die erwachsenste Person in meiner ganzen Familie zu sein, was etwas heißen will, denn meine Mutter war Anfang fünfzig, und Großmutter hat die siebzig schon weit überschritten.

Mit einem „Lass uns gehen" rupfte sie noch einmal an meinem Arm. Diesmal stand ich auf und folgte ihr. „Ich erzähle dir auf der Fahrt alles, was ich weiß."

Wir hatten die Autotüren kaum geschlossen, da brauste Mom auch schon los und fing sofort an zu quasseln: „Ich weiß, dass du dich nie sonderlich für Politik interessiert hast, aber Lou Harlow war als Senatorin bereits in ihrer vierten Amtszeit. Jede der Wahlen hat sie mit sehr großer Mehrheit gewonnen und wäre wahrscheinlich auch beim nächsten Mal wiedergewählt worden. Sie war eine äußerst geschätzte und geliebte Persönlichkeit hier in der Gegend, was ihren Tod umso schockierender macht."

Während sie sprach, kaute ich auf meinem Daumennagel. Eine schlechte Angewohnheit, die in letzter Zeit mehr und mehr außer Kontrolle geraten war.

Meine Mutter versetzte mir einen leichten Klaps mit einer ihrer perfekt manikürten Hände. „Hör auf damit. Das ist eklig!"

„Sorry", murmelte ich und fuhr mir mit dem Zeigefinger über meinen zerklüfteten Daumennagel, während ich mich wieder auf die Sache konzentrierte. Ich überlegte: „Also, ein politischer Rivale wollte ihren Sitz im Senat, und es war einfacher, sie zu ermorden, als zu versuchen, fair und anständig gegen sie zu gewinnen?"

„Vielleicht", sagte meine Mutter und legte beide Hände wieder aufs Lenkrad. Sie hatte wohl beschlossen, mir nicht erneut auf die Finger hauen zu müssen. „Wir werden dem definitiv nachgehen. Mal schauen, was wir herausfinden können."

Ich witterte ein *Aber.* Doch meine Mutter fuhr nicht fort, also hakte ich nach. „Aber?"

„Warum wurde sie zu Hause umgebracht, wenn sie doch die meiste Zeit in Washington verbringt?", fragte sie, als ob ich tatsächlich die Antwort wüsste.

Ich zuckte mit den Schultern. „Vielleicht war es einfacher so."

„Es ist aber zu offensichtlich. Meinst du nicht?" Sie runzelte grübelnd die Stirn.

„Nun, vielleicht ist unser Killer nicht sehr clever. Wie ist die Senatorin überhaupt gestorben?" Meiner Erfahrung nach waren Mörder meist ziemlich schlau. Schlau und gleichzeitig aufgeblasen und ohne Moral. Eine unheilvolle Kombination – sowohl für ihre Opfer als auch für mich, die eifrige Jungdetektivin, die ihr Bestes gab, um sie vor Gericht zu bringen.

Nun, neuerdings zumindest.

Würde ich für den Rest meines Lebens Killer in Blueberry Bay jagen?

Das würde sich erst mit der Zeit herausstellen, aber ich hatte den leisen Verdacht, dass die Antwort *„Oh ja, auf jeden Fall"* lauten könnte.

Meine Mutter hielt an einem Stoppschild, schaltete den Blinker ein und drehte sich dann zu mir um. Schon wieder sah sie völlig verzückt aus, als sie mir verriet: „Jemand hat sie die Treppe hinuntergestoßen!"

Oh, um Himmels willen ...

„Woher wissen sie dann, dass es nicht nur ein unglücklicher Unfall war?" Man könnte meinen, dass wir uns hier ziemlich weit aus dem Fenster lehnten und ich mich schon für die Detektivin des Jahrhunderts hielt, oder zumindest von Glendale.

Meine Mutter erwiderte aufgeregt: „*Sie?* Was meinst du mit sie? Wir sind doch diejenigen, die in dieser Sache ermitteln, und auch wenn wir es nicht genau wissen, aber wir sind uns doch ziemlich sicher, dass hier etwas faul ist."

Ich biss mir auf die Zunge und verkniff mir zu erwähnen, dass die Polizei hier immer noch die wahren Ermittler waren und dass der Fall für mich völlig neu war, so dass von *wir* gar keine Rede sein konnte. Da lag wohl noch einiges im Argen zwischen uns.

Ich schüttelte diesen Gedanken ab, drehte den Kopf zur Seite und betrachtete die Landschaft, die an meinem Fenster vorbeiflog. Grün, so weit das Auge reichte – Bäume, Blumen, Gras, überall Leben. Nur Lou Harlow war tot.

Möwen ließen sich im Wind treiben und erinnerten mich daran, dass die herrliche Blueberry Bay direkt hinter dem Horizont lag. Wir wohnten so nah am Meer, dass die Luft immer leicht salzig schmeckte. Mein neues Haus befand sich sogar so nah an der Küste, dass ich in zehn Minuten zu Fuß am Wasser sein konnte.

„Ich wünschte wirklich, es würden keine Toten mehr hier auftauchen", sagte ich seufzend zu meiner Mutter. Unsere Stadt war nur klein, und wenn die Morde in dem Tempo weitergingen, hätte sich bis Ende nächsten Jahres die Einwohnerzahl halbiert.

„Findest du das nicht auch irgendwie total spannend?", fragte Mom, als sie in die Privatstraße einbog. Die vornehmen Herrenhäuser Glendales lagen fast alle an einer solchen – und jetzt, ziemlich unerklärlicherweise, auch *meins*.

Ich konnte den Enthusiasmus meiner Mutter aber auch verstehen. Jahrelang hatte sie ihr journalistisches Talent mit lokalen Klatsch- und Tratschge-schichten vergeudet. Doch jetzt sorgten die jüngsten kriminellen Ereignisse hier für viel Rummel, und ihr Job war dadurch viel spannender geworden.

Nichtsdestotrotz war es tragisch, dass Menschen gewaltsam starben.

Plötzlich tauchten Blaulichter oben auf dem Hügel auf, sodass ich mir die Antwort auf ihre Frage getrost sparen konnte. Meine Mutter fuhr an der Einfahrt zu meinem neuen Haus vorbei und nahm die nächste zum Anwesen der verstorbenen Lou Harlow. Überall waren Polizisten, eindeutig mehr, als in unserer verschlafenen Kleinstadt überhaupt arbei-teten. Es schien, als seien sämtliche Ordnungshüter unseres Landkreises hier versammelt – ob, um bei den Ermittlungen zu helfen oder nur, um zu gaffen, sei dahingestellt.

Ein paar Beamte standen am Eingang und plau-derten bei einem To-go-Kaffee. Andere stolzierten auf dem Grundstück herum, sprachen in ihre Funkgeräte und blickten wichtig drein. Ein weiterer war damit beschäftigt, leuchtend gelbes Tatortband um die Veranda zu spannen.

Ich hasste es. Ich hasste es so sehr. Die gute Sena-torin hatte das nicht verdient.

Mom parkte direkt hinter dem nächstbesten Polizeiauto und stellte den Motor ab. „Fertig?", fragte sie und musterte mich kurz, bevor sie aus dem Auto stieg und direkt zu der Gruppe von Polizisten hinüberging, die sich beim Haus versammelt hatte.

„Das ist ja eine spektakuläre Szene hier", hörte ich sie jovial sagen, während ich Mühe hatte, sie einzuholen. Obwohl ich größer war als sie und einen flotteren Schritt hätte haben müssen, schwirrte sie immer herum wie eine Biene und bewegte sich manchmal so schnell, dass man kaum hinterherkam.

„Ja, und zwar eine private", informierte uns eine Kommunalbeamtin und machte eine kleine, abweisende Handbewegung.

„Laura Lee, Channel 7 News", antwortete meine Mutter stolz und streckte ihr die Hand zur Begrüßung hin.

Dafür hatte die Polizeibeamtin jedoch nur ein höhnisches Lächeln übrig. „Oh, dann wollen wir Sie definitiv nicht hier haben."

In diesem Moment entdeckte uns ein Polizist aus unserer Stadt, der sich auf der anderen Seite des Grundstücks befand, und rief zu uns herüber: „Es ist okay. Sie gehört zu uns." Officer Bouchard kam zu herübergejoggt. „Sie hat eine Erlaubnis dafür", informierte er die Beamtin.

„Danke", sagte meine Mutter und lächelte dann

die Frau an, die versucht hatte, uns den Zugang zu verweigern. „Und jetzt seien Sie so gut und erzählen Sie uns, was hier los ist."

Ich seufzte und machte eine gedankliche Notiz, dass das Buch *Wie man Freunde gewinnt: Die Kunst, beliebt und einflussreich zu werden* das perfekte Geschenk für meine Mutter sein könnte, vielleicht für ihren nächsten Urlaub.

„Officer Raines?", las meine Mutter von der Dienstmarke der wütenden Polizistin ab. „Ich möchte nur helfen."

„Ja klar, wer's glaubt", geiferte sie zurück.

Ich versuchte, ihr Gezänk auszublenden und betrachtete die massive Steinfassade vor uns. Genau wie mein neues Haus – Fulton Manor – war auch dieses mindestens fünfhundert Quadratmeter groß und wahrscheinlich so alt wie der Staat Maine selbst. Im ersten Stock zierten in unregelmäßigen Abständen wunderschöne Erkerfenster das Bauwerk, die offenbar erst kürzlich neu gemacht worden waren. Ich fragte mich, ob man von dort oben das Meer sehen konnte. Auf jeden Fall schienen es kuschelige Eckchen zu sein, in denen man es sich mit einem guten Buch gemütlich machen konnte. Vielleicht würde ich im Rahmen meiner Umgestaltung auch so einen schönen Fensterplatz einbauen lassen.

Ich war schon ganz in meine Bücherwurmträume versunken, als ich eine rasche Bewegung dort oben wahrnahm, die mich in die Realität zurückholte. Ich blinzelte und versuchte, etwas zu erkennen, konnte aber nur flatternde Vorhänge ausmachen. Wer oder was auch immer die chaotische Szene um mich herum von dort beobachtet hatte, war nun verschwunden.

Da sich meine Mutter immer noch ein Wortgefecht mit der Polizistin lieferte, bewegte ich mich langsam in Richtung Eingang. Während sie ihre Untersuchungen am liebsten mündlich durchführte, hatte ich es immer vorgezogen, mir ein direktes Bild zu machen und die Lage vor Ort zu erkunden.

Falls ich da drinnen in Schwierigkeiten geraten sollte, standen zumindest mehr als ein Dutzend Polizisten ums Haus herum, die mir im Notfall helfen könnten.

Was sollte schon passieren?

Ich hatte nichts zu befürchten. Also schlich ich auf Zehenspitzen mitten hinein in diesen frischen Tatort.

3

Trotz des geschäftigen Treibens draußen war das Innere des Herrenhauses leer – unheimlich leer. Als ich reinkam, lag die große Treppe direkt vor mir. Sie war abgesperrt und der Bereich bereits gereinigt worden, doch das jüngste Geschehen hatte sichtbare Spuren hinterlassen.

Eine der unteren Stufen war in sich zusammengebrochen. Fraglich, ob die ganze Konstruktion jetzt noch stabil war. Ein paar Meter vom Treppenabsatz entfernt hatte man die Position der Leiche mit einem leuchtend weißen Umriss aufgezeichnet. *Die arme Senatorin.* Zu Lebzeiten hatte sie eine solche Größe und Kraft ausgestrahlt, aber der Umriss, der ihren Tod markierte, schien unfassbar klein zu sein.

Meine Mutter glaubte zwar, dass ich keine Ahnung vom politischen Geschehen oder von aktuellen Ereignissen im Allgemeinen hätte, aber ich hatte bei den letzten beiden Wahlen tatsächlich für die Senatorin gestimmt. Sie hatte hart dafür gekämpft, die landschaftliche Schönheit unseres Staates und seine Bürger zu schützen. Obwohl ich mich aus politischen Dingen in der Regel lieber raushielt, hatte Senatorin Lou Harlow mir mehr als einmal aus der Seele gesprochen.

Ein paar Fernsehinterviews mit ihr hatte ich auch mitbekommen und einige Artikel im Netz über sie gelesen – ich mochte sie. Sie erinnerte mich an meine Grandma, nur dass sie meist einen maßgeschneiderten Hosenanzug trug und keinen wallenden Seidenkimono.

Sie hatte so viel unermüdliche Arbeit für die Menschen hier geleistet, und nun hatte einer von ihnen sie ermordet. Ich senkte den Kopf und sprach ein kurzes Gebet, in der Hoffnung, dass ihr Tod schnell und schmerzlos eingetreten sein mochte und dass der Mörder bald zur Rechenschaft gezogen werden würde.

Ich hatte in letzter Zeit viel mit Morden zu tun gehabt, aber dieser fühlte sich irgendwie persönlicher an. Lou Harlow war keine Fremde. Sie war jemand, den ich im Fernsehen, im Internet und sogar in der ein oder anderen gedruckten Zeitung gesehen hatte, die in meiner Firma tatsächlich immer noch gelesen wurden.

„Da bist du ja!", rief meine Mutter laut und störte meinen andächtigen Moment, als sie durch die offene Haustür hereinflitzte.

Ich hielt meinen Blick starr geradeaus auf die Treppe gerichtet. Gab es einen wichtigen Hinweis, den ich übersehen hatte, weil meine Emotionen mein Urteilsvermögen vernebelten?

„So ein Jammer", entfuhr es meiner Mutter. Endlich zeigte sie ein wenig Mitgefühl.

Wir standen Seite an Seite und studierten die Szene. Ein gelblich-grüner Schimmer am oberen Ende der Treppe zog meine Aufmerksamkeit auf sich, und ich trat vor, um besser erkennen zu können, was es war.

„Was ist da? Was siehst du?" fragte Mom in einem aufgeregten Flüsterton.

Ich hatte keine Ahnung, zeigte nur mit dem Finger dorthin.

Wir reckten die Hälse und versuchten, aus verschiedenen Winkeln mehr zu erkennen, bis ich schließlich ein gruseliges, mumienhaftes Gesicht entdeckte, das mich von oben beobachtete. „Es ist irgendein Tier, glaube ich", wenngleich es keinem Tier glich, dem ich je begegnet war. Vielleicht in einem Zoo, aber hier draußen in Maine? Ich war ratlos.

„Die Senatorin hatte zwei Hauskatzen", merkte meine Mutter an, die die Gestalt immer noch nicht ausmachen konnte.

„Was auch immer da oben ist, ich bin mir nicht sicher, ob es eine Katze ist." Ich machte noch einen Schritt nach vorne und legte den Kopf in den Nacken, um eine neue Perspektive zu bekommen. Das tat allerdings nur weh. „*Mist.* Wenn es doch nur nicht so dunkel hier drin wäre", seufzte ich.

Mom hob ihr Handy hoch und machte ein Foto mit Blitz von dem Bereich oben. Das helle Licht genügte, um das kleine Tier, das mir zuerst aufgefallen war, vollständig zu beleuchten. Ein zweites, größeres Exemplar der gleichen Art saß ein Stück dahinter. Sie wirkten wie direkt aus einem Horrorfilm entsprungene Kreaturen, aber jetzt konnte ich zumindest klar erkennen, dass es Katzen waren.

Katzen ohne Fell und mit vielen Falten. Igitt.

Ich stellte mir Octocat so geschoren vor und schauderte, denn dieses Bild war noch erschreckender als die beiden seltsamen Sphynx-Katzen, die vor mir saßen.

Mom zeigte mir das Foto auf ihrem Handy. „Das sind Nacktkatzen", stellte sie nüchtern fest.

Mir lief ein weiterer Schauer über den Rücken. „Wie kann man denn eine Katze ohne Fell haben wollen?"

„Allergien? Aufmerksamkeit?", spekulierte meine Mutter und zuckte gleichgültig mit den Achseln. „Könnte bei der Senatorin beides der Fall gewesen sein."

Ein Knurren ertönte von oben, und ich schwöre, mir standen die Nackenhärchen zu Berge. Ich war doch seit Kurzem selbst ein Katzenmensch, also warum hatte ich vor diesen beiden solch einen Schiss? Lag es daran, dass sie kein Fell hatten, oder weil sie hier am Tatort aufgetaucht waren? Beides?

Nach einem weiteren eindringlichen Knurren erschien die größere der beiden am oberen Ende der Treppe und blickte auf uns herab wie eine unzufriedene Herrscherin. Oder ein Gefängniswärter. Oder ein Killer.

„Hi", sagte ich, obwohl ich wusste, dass er oder sie mich ohne Octocat als Dolmetscher nicht verstehen konnte.

Sie riss ihr Maul weit auf und stieß ein schreckliches Fauchen aus, bevor sie sich umdrehte und sich mit der kleineren Katze im Schlepptau davonmachte.

„Ich habe offiziell Angst vor diesen Viechern“, sagte ich.

Meine Mutter schob ihr Telefon zurück in ihre Tasche und drehte sich zu mir um, mit dem gleichen aufgeregten Gesichtsausdruck, mit dem sie schon die ganze Zeit heute herumlief. „Weißt du, was ich gerade denke?“

„Ich bin mir nicht sicher, ob ich das wissen will“, gab ich zu. Ich sollte jetzt eigentlich zu Hause sein, um die letzten Kisten für den großen Umzug zu packen, und nicht in Flipflops hier zitternd rumstehen, weil mir zwei bizarre Katzen einen Riesenschrecken eingejagt hatten. Es gab absolut keinen Grund, warum unsere kleine Ermittlung hier nicht hätte warten können.

Mom ergriff meine Hand und drückte sie. Offensichtlich war sie gerade ganz anderer Auffassung. „Ich denke“, quietschte sie freudig, „dass das hier nach einem Job für Miss Doolittle, die Tierflüsterer-Detektivin, aussieht.“

„Miss Doolittle?“ Ich schüttelte den Kopf und gab mir große Mühe, nicht die Augen zu verdrehen. Natürlich hatte sie mir schon einen besonderen, schlagzeilenträchtigen Spitznamen verpasst. Wahrscheinlich hatte sie die Story in ihrem Kopf schon fertig geschrieben.

„Das ist dein neuer Name", sagte sie und drückte erneut meine Hand. „Gefällt er dir?"

„Ähm, es genügt mir eigentlich, einfach nur Angie zu sein." *Ich darf das nicht zulassen.* Ich wollte, dass meine besondere Fähigkeit ein Geheimnis bleibt und nicht auf die Titelseite kommt.

„Das ist nicht dein persönlicher neuer Name", sagte sie mit einem Seufzer. „Das ist der neue Name deines Unternehmens."

„Ich habe kein Unternehmen", betonte ich. Mir gefiel das ganz und gar nicht, worauf sie mit all dem hinauswollte.

„Wieder falsch", säuselte sie. „Du bist doch schon dabei und machst die Arbeit. Du könntest das genauso offiziell anbieten und dich dafür bezahlen lassen."

„Interessante Idee, aber ich möchte nicht, dass die Leute wissen, dass ich mit Tieren sprechen kann", erinnerte ich sie. Außerdem hatte ich immer noch meinen Teilzeitjob in der Anwaltskanzlei und meinen Vollzeitjob als Octocats offizieller Vormund und Verwalterin seines Treuhandfonds.

„Jeder wird es für einen Scherz halten", konterte meine Mutter mit einem Augenzwinkern. „Nur wir kennen die Wahrheit. Außerdem hast du dann eine Ausrede, deinen Kater zu den Ermittlungen mitzunehmen, was ja gar nicht anders geht, oder? Ich meine, wenn er heute Morgen hier gewesen wäre, hätten wir den ganzen Fall schon längst geknackt. Diese Katzen wissen definitiv, was passiert ist. Da bin ich mir ganz sicher."

„Warum begeistert dich das so?", fragte ich, resigniert angesichts der Tatsache, dass ich jetzt offenbar eine Detektei eröffnete – und, noch schlimmer, dass mein Kater mein neuer Geschäftspartner sein würde.

„Das ist Branding, Baby, du bist jetzt eine Marke", antwortete meine Mutter und warf ihre Haare mit einer glamourösen Geste zurück.

Oh, Mann. Oder besser gesagt – *oh, Mom.*

Ich trat vorsichtig zurück, um nichts am Tatort zu berühren, und ging mit großen Schritten hinaus, weg von der verrückten Frau, die zufällig meine Mutter ist. Als ich die Tür erreichte, drehte ich mich nochmals zu ihr um: „Okay, toll. Also, ich gehe jetzt und sorge dafür, dass die Polizei weiß, dass da oben zwei Katzen sind. Und da die Treppe abgesperrt ist, könnte es nicht so einfach werden, sie herunterzuholen."

Mom folgte mir. Die Welt draußen wirkte mit einem Mal viel heller. Ich blinzelte, da mich die Sonne blendete, und ließ meinen Blick über das Gelände schweifen, auf der Suche nach dem Polizeibeamten, den wir schon ganz gut kannten. Als sich meine Augen wieder an das Licht gewöhnt hatten, entdeckte ich Officer Bouchard am Rande des Grundstücks. Er untersuchte das kleine, dichte Wäldchen, das sich am Rand des noch viel größeren Laubwalds befand, der Harlows Grundstück von meinem trennte.

Ich trabte zu ihm hinüber. Mom konnte ja mitkommen, wenn sie wollte. Sie hätte sicher locker mit mir Schritt halten können.

„Wussten Sie, dass sich im Haus Katzen befinden?", fragte ich ihn ziemlich außer Atem. Es war mir peinlich, dass mir schon nach dieser kurzen Laufstrecke beinahe die Puste ausging.

„Das dürften Jacques und Jillianne sein", antwortete er mit einem leisen Lachen. „Hässliche kleine Dinger, oder?"

„Sie sind ... süß. Ähm, auf eine besondere Art und Weise", beharrte ich. Auf eine *ganz* besondere Art und Weise. Und obwohl ich eben noch wie Bouchard gedacht hatte, verspürte ich jetzt plötzlich das Gefühl, sie verteidigen zu müssen.

Meine Mutter gesellte sich zu uns. Sie war elegant über das Feld geschlendert anstatt so zu rennen, wie ich es tat. Ich schätze, das gehörte jetzt zu ihrem Status als Top-Journalistin. Sie musste sich nicht mehr beeilen – die News warteten neuerdings auf sie.

Bouchard lächelte sie freundlich an. „Ja. Die Senatorin hat sie von einem Züchter in Frankreich, daher die ausgefallenen Namen. Es sind gerissene kleine Biester. Ich habe den ganzen Morgen versucht, sie zu fangen, aber bisher erfolglos. Aber jetzt, wo der nächste Angehörige der Senatorin auf dem Weg hierher ist, kann er sich um die Katzen kümmern. Nicht mehr mein Problem.“

„Der nächste Angehörige?“, hakte meine Mutter nach und drängte sich zwischen mich und ihn. Sie hatte bereits ihr Telefon aus ihrer Tasche gefischt und die Sprachmemo-App gestartet. Nun hielt sie Bouchard ihr Handy wie ein Mikrofon entgegen. „Und wer ist das?“

Er starrte auf das Gerät, dann räusperte er sich und antwortete mit klarer und bestimmter Stimme: „Ihr Sohn, Matthew Harlow. Lebt in Chicago. Sollte bei Einbruch der Dunkelheit hier sein.“

„Und wer, glauben Sie, hat Lou Harlow umgebracht?“, fragte Mom und rückte mit dem Handy noch näher an sein Gesicht.

Er seufzte und schob ihre Hand beiseite. „Ich denke, es ist zu früh, um dazu etwas zu sagen. Wir haben noch nicht einmal die Möglichkeit ausgeschlossen, dass es ein Unfall war.“

Bis zum heutigen Tag hatte ich nur einen

einzigen Tatort gesehen – den von Bill und Ruth Hayes, die in ihrem eigenen Haus ermordet wurden. Jetzt wurde mir klar, dass ich heute hier das gleiche Gefühl wie damals hatte.

Vielleicht war es mein Bauchgefühl.

Vielleicht auch Intuition.

Möglicherweise auch reines Glück.

Wie auch immer, ich wusste einfach, dass Lou Harlow nicht durch einen Unfall gestorben war. Jemand hatte ihren Tod gewollt und beschlossen, die Sache selbst in die Hand zu nehmen.

Jetzt mussten wir nur noch herausfinden, wer.

Miss Doolittle – die Tierflüsterer-Detektivin – war offiziell an dem Fall dran.

4

Wie versprochen blieb Mom noch, um mir beim Packen zu helfen, doch insgeheim wünschte ich mir eigentlich, sie wäre gegangen. Erstens hatte sie zu *allem* eine Meinung.

Und das ist nicht übertrieben. *Zu allem.*

Sie nahm alle meine Sachen Stück für Stück theatralisch in die Hand und betrachtete sie stirnrunzelnd von allen Seiten, als würden sie sich dadurch auf wundersame Weise in etwas verwandeln, das ihren Vorstellungen entsprach.

Als ich klein war, habe ich mich oft gefragt, ob sie genauso über mich dachte, aber jetzt wusste ich es besser. Mom war ein guter Mensch und sie liebte mich, aber eine Bilderbuchmutter war sie nie gewesen.

„Willst du das wirklich mitnehmen?", fragte sie mich jetzt. „Ich kann dir einen neueren besorgen. Einen besseren."

So ging das die ganze Zeit. Nach etwa einer Stunde hatte sie mir im Grunde versprochen, mir zur Hauseinweihung ein neues Leben zu kaufen. Wir hatten definitiv nicht den gleichen Geschmack – meine Mutter war weitaus vornehmer als ich es je sein würde –, trotzdem wäre es nett gewesen, wenn sie nicht ständig darauf rumgehackt hätte.

Außerdem hatte ich gerade noch ein anderes Problem: Ich wollte unbedingt mit Octocat über den Tatort und diese seltsamen Sphynx-Katzen sprechen. Obwohl meine Mutter wusste, dass ich mit ihm reden kann, fühlte es sich trotzdem komisch an, dieses Gespräch mit ihm direkt vor ihr zu führen.

Unsere Geschmäcker waren nicht das Einzige, was Mom und mich unterschied. Ihr ging es um kalte, harte Fakten und Beweise. Sie stellte zig Fragen, auf die ich häufig keine Antwort wusste. Zum Beispiel, *wie kommt es, dass ihr beide miteinander reden könnt?*

Mir war immer noch schleierhaft, warum Octocat und ich diese besondere Verbindung hatten und wie das möglich war. Eines Tages würde ich das schon noch herausfinden, aber im Moment war ich einfach zu sehr mit meinem Umzug beschäftigt, um mit meiner Mutter herumzusitzen und über all die vielen Möglichkeiten zu spekulieren.

„Weißt du", sagte sie, während sie die Teller und Schüsseln inspizierte, die sich in einem meiner Küchenschränke stapelten, „du wirst jetzt in einer Villa leben. Viele deiner Sachen passen nicht wirklich zu diesem Ambiente. Für Besucher könnte das irritierend sein."

„Das passt schon, Mom", sagte ich und stupste sie mit der Hüfte zur Seite, um das anrüchige Geschirr selbst wegzupacken. „Ich habe nicht wirklich vor, viel Besuch zu empfangen, und ich bin auch nicht wirklich so etepetete. Das weißt du doch."

Sie trat zur Seite und öffnete einen weiteren Schrank. „Vielleicht finden wir ja einen Kompromiss", beharrte sie. „Grandma hat ein schönes Service. Du könntest dein Geschirr wegtun und stattdessen ihres nehmen. Oh! Oder du könntest deines spenden. Du liebst doch diese Charity-Läden, oder?"

„Vielleicht", erwiderte ich, um das Thema zu beenden, damit wir weitermachen konnten. Ja, ich mochte Secondhand-Geschäfte, aber eigentlich kaufte ich dort lieber ein, anstatt meine eigenen Sachen zu spenden.

Meine Mutter runzelte die Stirn, und ich drückte einen meiner farbenfrohen, roten Teller an meine Brust. Ich mochte meine Teller, und mein Leben mochte ich auch. Warum konnte Mom nicht einfach akzeptieren, dass wir nie einer Meinung sein würden, was bestimmte Dinge betraf? Was war schon dabei, wenn die meisten Dinge in meiner Küche aus dem Billigladen stammten? Sie erfüllten alle ihren Zweck und das genauso gut wie die hundertmal teureren Sachen meiner Mutter, die sie in ihren Edelboutiquen kaufte.

„Oh, die finde ich schön", sagte sie beim Blick in einen weiteren Schrank, aus dem sie eine Teetasse mit Blumenmuster der Traditionsmarke Lenox hervorholte und sie begeistert betrachtete.

„Ich will nicht, dass sie mit meinen Sachen herumspielt", informierte mich Octocat und sprang auf die Küchenarbeitsplatte. Meine Mutter bekam einen solchen Schreck, dass sie die gerade noch bewunderte Teetasse fallen ließ.

Die filigrane Tasse schien wie in Zeitlupe zu Boden zu segeln und zersprang in tausend Stücke. Wir konnten nur noch zusehen. Octocat stieß einen ohrenbetäubenden Schrei aus. „Mein Evian-Gefäß!"

Mom trat einen Schritt zurück. „Es tut mir so leid", sagte sie zu mir, und ich merkte, dass es ihr wirklich leidtat. Vielleicht meinte sie es gar nicht so, wenn sie auf mir herumhackte, und es fiel ihr einfach nur manchmal schwer, andere Gesprächsthemen zu finden. Möglicherweise war sie deshalb so begeistert darüber, den Mordfall Lou Harlow mit mir gemeinsam anzugehen.

„Ich werde dir ein neues Service besorgen, versprochen", meinte sie, wobei ihr fast die Tränen kamen. Plötzlich fühlte ich mich wie die absolut schlechteste Tochter der Welt. Warum fiel es mir nur so schwer, mehr als ein paar Minuten am Stück in ihrer Gesellschaft zu verbringen? Ich würde mich ab sofort mehr anstrengen.

Natürlich brachte ich es nicht übers Herz, ihr zu sagen, dass dieses spezielle Service unersetzlich war. Es hatte Octocats früherer Besitzerin, der verstorbenen Ethel Fulton, gehört, und es war eines der wenigen Dinge, die er noch von ihr besaß. Zugegeben, wir würden bald in ihre Villa einziehen, die größtenteils immer noch so möbliert war wie damals, aber trotzdem. Dieses Teeservice war etwas Besonderes für Octocat. Von einem anderen Geschirr nahm er sein Essen oder Wasser nicht zu sich, und jetzt, da er eine Tasse weniger davon hatte, musste ich wohl öfters abwaschen.

„Hör mal", sagte ich und versuchte, so sanft wie möglich zu klingen. „Ich denke, ich kriege das hier schon allein geregelt. Mach dich doch ruhig auf und schau, was du noch über den Harlow-Mord herausfinden kannst."

Sie wirkte angespannt. „Bist du sicher?" Trotz ihres Zögerns merkte ich, dass sie im Grunde nur darauf hoffte, bald gehen zu können, genauso wie ich hoffte, dass sie bald gehen würde.

War das meine Schuld? *Ja, war es.* Ich würde wahrscheinlich nie aufhören, mich schuldig zu fühlen, was meine angespannte Beziehung zu ihr und meinem Vater betraf.

Mom und ich hatten uns immer am besten in homöopathischen Dosen verstanden, wenn wir nur kurz, aber intensiv Zeit miteinander verbrachten. Ich fand es toll, dass wir uns in den letzten Wochen nähergekommen waren, jedoch brauchten wir wohl noch eine Weile, um uns an diese neue Situation zu gewöhnen – und heute war wirklich nicht der richtige Tag, um an unserer Beziehung zu arbeiten, auch wenn das hart klingen mag.

Heute hatte ich andere Prioritäten und noch einen Haufen Dinge zu erledigen.

Ich machte einen Bogen um die Scherben und umarmte sie fest. „Ja, ganz sicher. Ich sehe dir doch an, dass du darauf brennst, dich wieder mit dem Fall zu befassen. Ich komme schon klar hier."

Mom seufzte erleichtert auf. „*Hmm,* du kennst mich einfach zu gut", sagte sie, suchte rasch ihre Sachen zusammen und eilte zur Tür. „Ich schreibe dir eine Nachricht, wenn es Neuigkeiten gibt. Bis dann!"

Und zack, weg war sie.

Octocat nahm sein gequältes Miauen wieder auf. Obwohl wir miteinander sprechen konnten, griff er manchmal immer noch auf die klassischen Katzenlaute zurück – meist in Phasen intensiver Emotionen, wie jetzt.

„Es tut mir leid", beschwichtigte ich ihn und streichelte vorsichtig über seinen Kopf. Ich hoffte, dass ich ihn damit trösten konnte und er mich nicht beißen würde. Bei Octocat konnte schnell mal etwas nach hinten losgehen, und man wusste es irgendwie nie so genau.

„Es ist, als ob Ethel gerade noch einmal gestorben wäre", jammerte er. Seine Ohren zuckten und dann legte er sie flach an seinen Kopf. Sein Schwanz schwang hin und her wie ein Metronom, und seine Augen wurden so groß und dunkel, dass ich mir sicher war, er würde gleich losheulen, wenn das biologisch möglich gewesen wäre.

„Es tut mir wirklich leid“, betonte ich erneut, ratlos, was ich noch tun könnte.

Er starrte auf die vielen kleinen, auf dem Küchenboden verstreuten Überreste seiner geliebten Tasse. Sein früheres Leben lag in weiß-roséfarbenen Scherben mit Goldrand vor uns. Na super. Jetzt hatte ich auch Tränen in den Augen.

„Ich hole nur schnell den Besen“, murmelte ich, damit er nicht sah, wie bewegt ich jetzt seinetwegen war.

Doch bevor ich auch nur einen Schritt getan hatte, schoss Octocat los, baute sich vor mir auf und schrie: „Nein!“

Das Herz schlug mir bis zum Hals, und ich fragte mich, welche verrückte Aktion meine Katze wohl als Nächstes vorhatte. „Hey, langsam, was ist los?“

„Ich bin einfach noch nicht so weit“, klagte er. „Ich brauche noch etwas Zeit.“

„Mit der zerbrochenen Tasse?“, fragte ich ihn sanft. Inzwischen kannte er mich aber schon so gut, dass er leicht sarkastische Anspielungen an meinem Tonfall oder Gesichtsausdruck bemerkte, und jedes Mal bestrafte er mich dafür. Er hingegen durfte natürlich mit mir reden, wie es ihm gefiel, während ich ihm den größtmöglichen Respekt zu zollen hatte.

Auch in einem solchen Moment.

Octocat schnupperte und zog die Nase hoch, wie er es immer tat, wenn er überlegen wirken wollte, und antwortete mit einem einsilbigen „Ja".

„Leider haben wir nicht wirklich Zeit." Ich schaute ihn ruhig und verständnisvoll an. „Die Möbelpacker werden in etwa einer Stunde hier sein. Und wir können nicht weiter in den Scherben herumlaufen. Es ist gefährlich. Am Ende schneidet sich einer von uns daran."

Er stieß ein klägliches Miauen aus und wandte sich ab. „Tu, was du tun musst."

Ich ging also Besen und Kehrschaufel holen und fühlte mich wie die schlechteste Katzenmutter der Welt. Jetzt war ich also nicht nur die schlimmste Tochter, sondern auch die schlimmste Katzenmutter *ever*, und das alles innerhalb von etwa zehn Minuten. Es sah nicht gut für mich aus.

Als ich zurückkam, stand Octocat immer noch wie erstarrt in seiner dramatischen Pose. Normalerweise nervten mich seine Mätzchen, aber in diesem Moment tat es mir wirklich leid, dass er einen solchen Verlust verkraften musste.

„Würde es dir helfen, wenn wir ein paar Worte sagen?", schlug ich vor.

Der mürrische Kater wandte leicht den Kopf und schaute mich aus den Augenwinkeln an. „Wie bei einer Beerdigung?"

„Ja", antworte ich achselzuckend. „Wie bei einer Beerdigung."

Er drehte sich ganz zu mir um und blickte mir direkt in die Augen. Sein Gesicht erhellte sich ein wenig, als hätte er sich schon ein bisschen damit abgefunden. „Wo werden wir sie begraben?", wollte er wissen.

„Oh. *Ähm.*" Ich hatte jetzt keine Zeit für sowas, aber ihm schien das sehr wichtig zu sein, also machte ich ihm einen Vorschlag, der ihm hoffentlich auch gefallen würde. „Wir sollten sie heute Abend bei Ethel im Garten begraben." Das würde mir zumindest etwas Zeit verschaffen, damit ich weiter packen konnte, und hoffentlich hätte er sich nach der ganzen Aufregung dann wieder beruhigt.

„Das ist eine gute Idee, Angela", meinte Octocat und schenkte mir Lächeln – das passierte selten.

Ich freute mich über sein nettes Lob, denn für ein solches musste man sich bei ihm immer echt anstrengen. Er war eine Diva, ganz klar, aber trotzdem fühlte es sich gut an, ihn glücklich zu machen, besonders wenn man bedenkt, dass er ansonsten an fast allem, das ich tat, etwas auszusetzen hatte.

„Heute Abend", rief er feierlich. „Dann kann ich mir noch in Ruhe überlegen, was ich sagen werde." Daraufhin trabte er davon und ließ mich in dem Chaos zurück. Jetzt musste ich auch noch eine Beerdigung vorbereiten.

Uff. So froh ich auch war, dass es ihm wieder besser ging ..., doch eigentlich hatte ich mit ihm über den Mord an Lou Harlow und ihre seltsamen Katzen sprechen wollen.

Nun, das würde warten müssen.

Wie konnte es sein, dass meine To-do-Liste heute immer länger wurde, je mehr ich mich abrackerte?

5

Octocats ganzer Schmerz verflog in dem Moment, als wir in die lange, gewundene Auffahrt zu Fulton Manor einbogen.

„Zuhause!", jubelte er und fand sogar den Mut seine Krallen von meinem Oberschenkel zu lösen, damit er sich aufsetzen und aus dem Fenster schauen konnte. „Oh, es fühlt sich so gut an, zu Hause zu sein!"

Ich parkte, öffnete meine Tür, und er sprang sofort über mich hinweg, um wieder heimischen Boden unter den Füßen zu haben. „Zuhause!", rief er immer wieder, während er sich wie verrückt im Gras hin und her rollte.

Ich wollte ihn gerade bitten, sich zu beruhigen, als er die Verandastufen hinauf und durch seine

Spezialkatzenklappe rannte, die sich auf ein besonderes Signal hin, das von seinem Halsband ausgesendet wurde, öffnete. In all der Zeit hatte ich sein Halsband nie ersetzt, und er hatte mich nie darum gebeten. Wahrscheinlich hatte er immer gewusst, dass wir eines Tages hier landen würden. Und schließlich hatte er die ganze Sache so ausgeklügelt.

Octocat war jetzt eindeutig beschäftigt. Da die Möbelpacker noch dabei waren, die Sachen in unserem alten Zuhause zu verstauen und einzuladen, verschaffte mir das nun ein wenig Zeit allein mit meiner neuen Villa.

Eine Villa! Und sie gehörte mir!

Das ist lächerlich.

Aber, okay, auch supercool.

Meine Augen wanderten die beiden Stockwerke hinauf bis zu dem Türmchen, das sich auf der anderen Seite des Daches erhob. Ich hatte bereits beschlossen, mir dort im Obergeschoss mein Schlafzimmer einzurichten, wie eine Art verrückte moderne Prinzessin. Grandma hatte das große Schlafzimmer für sich beansprucht, das Ethel gehört hatte, bevor sie ermordet wurde. Dort war sie auch gestorben. Mir war noch nicht recht wohl bei dem Gedanken, im selben Haus zu sein, geschweige denn im selben Schlafzimmer.

Großmutter jedoch lachte nur und meinte: „Oh Schätzchen. Der Tod ist Teil des Lebens." Ich vermutete, dass es sie in ihrem fortgeschrittenen Alter einfach nicht mehr so sehr beunruhigte wie mich. Ich persönlich hoffte, dass es mir niemals im Leben egal sein würde, auf demselben Fleck zu schlafen, auf dem nur wenige Monate zuvor eine Leiche gelegen hatte.

Es war schon unheimlich genug, in ein Haus zu ziehen, wo ein Mord verübt worden war. De facto war ich immer noch dabei, mich damit abzufinden. Meine erste Stromrechnung würde garantiert mehrere hundert Dollar betragen, denn ich hatte vor, nachts jedes einzelne Licht anzulassen, bis ich keine Angst mehr vor meinem eigenen Haus hatte.

Wäre es nach mir gegangen, hätte ich mich nie für so eine Riesenvilla entschieden. Aber Octocat hatte darauf bestanden. Sogar Mr. Fulton – mein früherer Chef – schien froh zu sein, das Haus schnell loszuwerden, wenngleich es einen erheblichen finanziellen Verlust für ihn und die anderen Erben bedeutete.

Als ich Octocat dabei beobachtete, wie er durch die Katzentür hinein- und hinauslief und jedes Mal vor Vergnügen juchzte, musste ich wirklich zugeben, dass es eine gute Entscheidung gewesen war. Das

Haus passte einfach zu ihm. Er sah zwar wie eine gewöhnliche Hauskatze aus, doch durch seine Adern floss eindeutig tiefblaues Blut.

Ich überließ ihn seinem fröhlichen Treiben und schnappte mir eine der leichteren Kisten aus meinem Kofferraum. Im Inneren des Hauses lag ein Staubschleier auf nahezu allen Oberflächen. Ich hätte wohl vor dem Einzug ein Putzkommando engagieren sollen, aber dafür fehlte mir momentan die Kohle. Außerdem kam der Umzug so plötzlich, dass ich kaum Zeit zum Packen gehabt hatte, geschweige denn, mich noch um hundert andere Dinge zu kümmern.

Wir würden das schon hinkriegen. Irgendwann.

Setz es einfach noch ans Ende deiner schier endlosen To-do-Liste. Oder vielleicht irgendwo in die Mitte.

Mein Ziel war es, das Haus halbwegs wohnlich herzurichten, bevor Großmutter Ende des Monats bei uns einzog. Sie brauchte mehr Zeit, ihr gesamtes Hab und Gut, ihr ganzes Leben quasi, das sie in Blueberry Bay verbracht hatte, zusammenzupacken, darunter auch zahlreiche Erinnerungsstücke aus ihrer Zeit am Broadway.

Dafür hatte ich absolut Verständnis. Also verriet ich ihr auch nicht, dass ich einen wahren Horror davor hatte, allein in dieser gigantischen Hütte zu schlafen. Ach was, Octocat war ja auch noch da, um mich im Falle einer Gefahr zu beschützen. Oder eben auch nicht. Zumindest war eine fifty-fifty Chance immer noch besser als gar keine, falls ich tatsächlich einen Retter brauchen sollte.

Beunruhigte mich das? Irgendwie schon.

Fulton Manor und das Gebäude nebenan, Harlow Manor, schienen nach dem nahezu gleichen Bauplan errichtet worden zu sein. Obwohl es damals noch keine protzigen und völlig fehlkonstruierten Billig-villen gab, hatte wohl jemand die erste so sehr gemocht, dass er beschloss, eine zweite im identi-schen Stil danebenzusetzen.

Ein ums andere Mal zog es mich zu der großen Treppe, wie eine verirrte Motte, die dem Feuer immer wieder gefährlich nah kam. Die Treppe glich der Konstruktion von nebenan dermaßen, dass es mich jedes Mal erschaudern ließ, wenn ich daran vorbeiging.

„Was ist los mit dir?", fragte mein Kater, der mich nach seinem ganzen Gerenne durch die Katzentür nun müde beäugte.

Ich zuckte mit den Schultern. „Ich bin nur ein bisschen beunruhigt über den Mord nebenan."

Er blieb wie angewurzelt stehen und setzte nicht

einmal seine linke Vorderpfote ganz ab, starrte mich nur an. „Warte, *was?* Jemand hat die nette alte Dame umgebracht? Wann?"

Endlich kamen wir zur Sache. Ich hatte noch keine Gelegenheit gehabt, mit ihm darüber zu sprechen, nach dem ganzen Tamtam mit der Teetasse. „Heute Morgen", sagte ich und beobachtete ihn genau, um zu sehen, wie er reagieren würde. „Oder möglicherweise ist es schon letzte Nacht passiert."

Er schnappte nach Luft und stampfte mit der Pfote auf den Holzboden. „Und du hast es mir nicht gesagt?"

„Da war diese ganze Geschichte mit der Teetasse, und ich ... tut mir leid." Ich entschuldigte mich, weil ich wusste, so am ehesten eine Auseinandersetzung vermeiden zu können. Octocat liebte unsere Reibereien und hasste es zu verlieren, weshalb ich ständig die Arschkarte zog.

Er schüttelte bestürzt den Kopf und fixierte mich unangenehm lange, bevor er ein paar Stufen emporklomm und sich dort in Positur brachte. „Na los. Jetzt erzähl schon", forderte er mich auf. „Ich muss genau wissen, was passiert ist."

Sein bohrender Blick machte mich nervös, aber ich tat, wie mir geheißen. Er hatte mich schon ziemlich gut erzogen, dabei hätte es doch eigentlich umgekehrt sein sollen ... „Die Senatorin wurde ermordet. Jemand hat sie die Treppe hinuntergestoßen", setzte ich ihn ins Bild.

„Die Treppe!", rief Octocat aus, hob eine Pfote und dann die andere, während er die Stufen unter sich fixierte.

Ich nickte stumm, unfähig, noch ein Wort rauszubringen.

„Jacques und Jillianne", zischte er zwischen zusammengebissenen Zähnen hervor. „Ich werde sie bei lebendigem Leib häuten, diese Taugenichtse." Er rannte die Treppe hinunter und wollte geradewegs durch die Katzentür verschwinden, als ich ihn aufhielt.

„Warte!", rief ich. „Du kennst Jacques und Jillianne?" Ich kam mir jedes Mal blöd vor, wenn ich versuchte, ihre Namen möglichst französisch auszusprechen. Warum hatten Katzen so ausgefallene Namen? Octocat war mit seinen ursprünglichen acht Stück zwar auch ein sehr ausgefallener Vertreter, aber wenigstens waren die alle auf Englisch. Moment, stimmte das auch? Es war, ehrlich gesagt, ziemlich schwer, sich alle zu merken, weshalb ich ihm seinen neuen, besseren – und viel, viel kürzeren – Spitznamen verpasst hatte.

Er seufzte, drehte mir aber immer noch den

Rücken zu und ließ die Schultern hängen. Es schien, als lastete die Enttäuschung über mich schwer auf ihm. „Natürlich kenne ich sie. Schließlich haben wir mal nebeneinander gewohnt, und jetzt – man glaubt es kaum – sind wir wieder Nachbarn."

„Bist du mit ihnen befreundet?", fragte ich neugierig und lief einen Halbkreis um ihn herum, sodass wir uns wieder von Angesicht zu Angesicht gegenüberstanden.

Er sah aus, als würde er gleich niesen, tat es aber nicht. Stattdessen sagte er: „Mit diesen Spinnern? Auf keinen Fall!"

„Ich meine, sie sehen ein bisschen anders aus, aber das ist ja kein Grund, um ..."

„Es ist nicht ihr Aussehen, Angela. Es ist die Art, wie sie reden." Er knurrte mich an, ähnlich wie es die große der beiden Nacktkatzen heute Morgen getan hatte.

Ich war mir nicht sicher, welches Spiel wir hier spielten. Ich schüttelte den Kopf und sah ihn finster an. „Das klingt jetzt aber auch ganz schön rassistisch. Finde ich nicht nett von dir."

Er lachte in sich hinein. „Oh, du wirst schon merken, was ich meine, wart's ab. Es wird sicher nicht allzu lange dauern."

Er machte ein paar Schritte, drehte sich dann aber

wieder zu mir um, wobei in seinen Augen etwas aufblitzte, das ich nicht recht deuten konnte. „Übrigens", sagte er, als ob er gerade einen Geistesblitz gehabt hätte.

„Tod durch Treppensturz? Yeah, das ist ein klassischer Katzenschachzug."

„Was willst du damit ...?"

Er unterbrach mich mit einem fiesen Lachen, das er gerne einsetzte, wenn er besonders theatralisch sein wollte. Offenbar war dies einer dieser gesegneten Momente.

„Ich glaube", sagte er, und schnappte dramatisch nach Luft, „Jacques und Jillianne haben die Senatorin getötet. Die Katzen sind schuldig. Der Fall ist abgeschlossen." Und schmollend schlich er von dannen, immer noch in sich hineinlachend.

Ich trat zwei Riesenschritte zurück und fühlte mich, als hätte ich gerade in einen Abgrund geschaut und meinen Tod vor Augen gehabt. Was auch immer als Nächstes passierte, ich würde auf jeden Fall aufpassen, wenn ich die große Treppe benutzte, die ich unlängst noch als das absolute Highlight meines neuen Zuhauses betrachtet hatte.

Octocats Lachen hallte durchs Haus. Warum fand er das so lustig? Warum lachte er immer noch? Es war mir ein Rätsel.

Offenbar teilten er und meine Mutter die gleiche morbide Faszination, was den Tod der Senatorin anbelangte. Zu schade, dass sie nicht miteinander reden konnten und stattdessen ich das ausbaden musste.

Das ist eben seine Art, versuchte ich mich zu beruhigen. *Er mag es einfach, im Mittelpunkt zu stehen. Er würde dir nie wirklich wehtun.*

Aber dann stellte ich mir die ganzen alten Omis vor, die sterben mussten, weil sie zum Opfer ihrer geliebten Samtpfoten wurden, und ein Schauer lief mir über den Rücken ...

6

Obwohl ich eigentlich einige Sachen nach oben hätte bringen müssen, beschloss ich, im Erdgeschoss zu bleiben, während die Möbelpacker alle schweren Teile hineinschleppten. Ich würde noch etwas Zeit brauchen, um zu verdauen, was Octocat mir eben darüber verraten hatte, wie Katzen einen Menschen vorzugsweise umbringen.

Ich hätte niemals gedacht, dass so etwas Horror-mäßiges überhaupt passierte. *Ich Dummerchen.*

Ich hatte, ehrlich gesagt, gar nicht viel aus meiner alten Wohnung mitgebracht, und so war das Auspacken der wichtigsten Dinge schnell erledigt. Da mir immer noch jedes Mal mulmig zumute war, wenn ich an der Treppe vorbeikam, beschloss ich, nach draußen zu gehen und einen Spaziergang um das Grundstück zu machen.

Wunderschöne, aufwendig angelegte Blumenbeete umgaben das Haus zu drei Seiten hin, und auf der Rückseite befand sich eine herrliche Terrasse, bestehend aus zwei Ebenen, komplett mit Feuerstelle und Hollywoodschaukel. Ein Stück weiter säumte ein dichter Wald das Grundstück und sorgte für absolute Privatsphäre. Was wollte man mehr!

Okay, die Hälfte meiner Zeit würde ich ab jetzt wahrscheinlich mit der Pflege des Gartens verbringen, aber selbst ich musste zugeben, dass das gut investierte Zeit sein würde.

Von etwas weiter weg nahm ich ein leises Brummen wahr, und etwas Rotes blitzte zwischen den Bäumen auf. Ich stapfte durch das Gras, um nachzusehen. Offenbar konnte ich von einem bestimmten Blickwinkel aus direkt in den Garten der verstorbenen Senatorin spähen. Ein knallroter Sportwagen hatte gerade in der Einfahrt angehalten, und ich erkannte ihn sofort. Schließlich gab es in ganz Glendale nur zwei Leute, die so einen schicken Flitzer besaßen – Großmutter und Thompson.

Ich beobachtete entsetzt, wie mein Chef, der Seniorpartner unserer Kanzlei, Mr. Richard Thompson, aus seinem Auto stieg und die Stufen zum Haus hinaufging. Untypischerweise kam er ohne seine Aktentasche, die normalerweise wie festgeklebt unter seinem Arm klemmte. Er wirkte nervös, lockerte seine Krawatte und ließ seinen Blick umherschweifen, wohl um festzustellen, ob jemand in der Nähe war. Die Polizei hatte sich inzwischen größtenteils verzogen oder ihre Versammlung woanders hin verlagert. Und, Gott sei Dank, hatte er keine Ahnung, dass ich auf der anderen Seite des Wäldchens stand.

Ich blieb wie angewurzelt stehen, als Officer Bouchard aus dem Haus kam und auf Mr. Thompson zuging, um ihn zu begrüßen. Seine metallene Dienstmarke glänzte im Sonnenlicht. „Richard, kann ich Ihnen irgendwie helfen?"

Ich verrenkte mir fast den Hals, um Mr. Thompsons Gesichtsausdruck zu erkennen, aber ein tief hängender Ast versperrte mir die Sicht.

„Ich habe gehört, was passiert ist", sagte Thompson. Seine tiefe Stimme hallte durch die Bäume. „Dachte, ich komme vorbei, um meinen Respekt zu erweisen."

Officer Bouchard joggte die Treppe hinunter und gab ihm ein Zeichen, ihm zu folgen. „Ich muss Ihnen sicher nicht sagen, dass dies weder die richtige Zeit noch der richtige Ort ist."

„Ich weiß“, pflichtete mein Chef ihm bei. Er schien nicht zu wissen, was er mit seinen Händen machen sollte. „Es kam nur so … so unerwartet.“

Der Polizist seufzte und fuhr sich mit der Hand durch die Haare. „Ja, wir sind alle ziemlich geschockt wegen dieser Sache. Aber das ändert nichts an den Bestimmungen.“

Sie wechselten noch leise ein paar Worte, die nicht bei mir ankamen, und dann stieg Thompson wieder in sein Auto und fuhr davon.

„Was sollte *das denn*?“, fragte Octocat genau in diesen Moment und rieb sich dabei an meinem Bein, womit er mir den Schreck meines Lebens einjagte.

„Ich habe keine Ahnung“, erwiderte ich ehrlich. Es kam mir merkwürdig vor, dass sowohl ich als auch meine komplette Firma jetzt anscheinend in jeden einzelnen Mord der Stadt verwickelt wurden. Also, bis zu Ethel Fulton Anfang des Jahres gab es hier genau genommen gar keine Morde – oder zumindest keine, von denen ich wusste.

„Ich hoffe, dass als Nächstes jemand ohne Haustiere einzieht“, informierte er mich mit einem gelangweilten Gähnen, während wir beide gedankenverloren Richtung Nachbarhaus starrten.

Diese Aussage von ihm überraschte mich, und ich riskierte einen Blick in seine Richtung. In Harlow

Manor schien nichts mehr los zu sein. Selbst Officer Bouchard war inzwischen aus meinem Blickfeld verschwunden.

„Magst du keine anderen Katzen?", fragte ich ihn.

"In *meinem* Revier?" Ihm entfuhr ein sarkastisches „Pah!", und dann meinte er: „Ich würde das lieber *nicht* teilen, wenn ich die Wahl hätte. Das ist mein Land. Das sind meine Kletterbäume, und in ihren Ästen? Das sind meine Vögel, die ich verspeise – oder die ich dir zumindest ans Fußende deines Bettes liefere, wenn du brav warst."

Bei der Erinnerung an sein jüngstes *Geschenk* lief es mir kalt den Rücken runter. „Ich schätze, dann werde ich mich bemühen, nicht brav zu sein."

Er knabberte an den Grashalmen vor seinen Pfoten, schluckte ein paar Bissen hinunter und kicherte dann. „Nur dass du es weißt, meine Kotze wird jetzt grün sein."

„Ähm, okay", sagte ich und zuckte mit den Achseln. Das sollte wohl eine Bestrafung sein, aber das war ja wirklich noch harmlos, denn offen gestanden waren seine Belohnungen und Geschenke für mich oftmals auch nicht besser.

„Das wird dich den ganzen Tag aus dem Konzept bringen", meinte er grinsend. Als er danach wieder so teuflisch lachte, war mir klar, dass er glaubte, ihm sei ein weiterer Geniestreich geglückt. Das einzige Problem dabei war, dass unsere Definitionen eines *Genies* sehr weit auseinanderklafften.

Als er sich wieder eingekriegt hatte, holte er tief Luft und blickte zu mir auf. „Du verstehst es nicht, oder?", fragte er mich frustriert, halb seufzend, halb knurrend.

Ich schüttelte den Kopf. In diesem Augenblick tauchte Officer Bouchard vor dem Haus der Harlows auf. Warum war er noch da? Was tat er da?

„Du musst zur Abwechslung mal grüne und nicht braune Kotze wegputzen", erklärte mein Kater zwischen Lachern, die allmählich verebbten. „Verstehst du? So fängt dein Tag gleich mal ganz anders an. Du wirst begeistert sein!"

„Okay, du hast gewonnen", seufzte ich resigniert. Sollte er doch glauben, ein neues Mittel gefunden zu haben, mich zu bestrafen. Er hatte eine solche Freude daran, derartige Erziehungsmethoden an mir auszuprobieren, dass ich es nicht fertigbrachte, ihm zu erklären, dass diese bei mir nicht zogen.

„Bist du jetzt fertig mit der Nummer?", fragte ich und musterte ihn mit einem skeptischen Lächeln.

„Für den Moment ja", antwortete er. „Wirst schon sehen morgen früh!"

„Okay, super." Ich spähte nochmals zu Officer

Bouchards unbeweglicher Gestalt hinüber und wurde immer neugieriger. Wer würde eine Senatorin umbringen, die sich bereits in ihrer vierten Amtszeit befand und bei ihren Wählern äußerst beliebt war? Warum hielt es die Polizei für nötig, den Tatort zu bewachen? Und was, wenn überhaupt, hatten ihre seltsamen, haarlosen Katzen mit all dem zu tun?

„Hey, bist du gerade beschäftigt?", fragte ich meinen Kater. Vielleicht könnte er sich durch den Wald schleichen und das Ganze aus der Nähe ansehen.

Er hob die Nase und antwortete lapidar: „Ja." Dann drehte er mir sein Hinterteil zu und streckte den Schwanz so hoch in die Luft, dass mir ein gewisser Anblick nicht erspart blieb.

„Na, vielen Dank", rief ich ihm hinterher.

Ich versuchte erneut, durch die Bäume nach drüben zu spähen, entschied mich aber dann, die Sache fürs Erste auf sich beruhen zu lassen. Vielleicht hatte die Polizei bereits herausgefunden, wer der Übeltäter war, und deshalb bewachten sie den Tatort. Auch wenn ich dank der Marketing-Nachhilfestunde meiner Mutter heute Morgen jetzt einen offiziellen Geschäftsnamen hatte, war ich immer noch unerfahren in diesen Dingen.

Die Polizisten waren die Profis, und ich musste

darauf vertrauen, dass sie ihre Arbeit richtigmachten. Doch noch während ich das dachte, wusste ich, dass es nur eine Frage der Zeit sein würde, bis ich mich selbst durch das Wäldchen schleichen würde, um den Tatort aus nächster Nähe zu untersuchen.

7

Als die Leute von der Umzugsfirma wieder wegfuhren, wurde es schon dunkel. Sie hatten mir nicht nur geholfen, mein spärliches Hab und Gut einzuräumen, sondern auch die schon im Haus vorhandenen Möbel umzustellen. Einige Teile des Mobiliars, die ich nicht benötigte, hatten sie in ihren großen Transporter geladen, um sie gleich noch schnell bei einer Wohltätigkeitsorganisation im Ort abzugeben.

Okay, ganz so schnell würde das wohl nicht gehen, denn sie hatten jetzt deutlich mehr auf dem Wagen, als sie zuvor heute aus der alten Wohnung bei mir herausgeholt hatten. Aber ich wollte auf keinen Fall das Bett behalten, in dem Ethel gestorben war, oder irgendetwas anderes ihrer Schlafzimmereinrichtung. Es war mir egal, dass es Grandma nichts ausmachte, diese Möbel selbst weiter zu benutzen. Ich fand es unheimlich, und auf keinen Fall wollte ich irgendetwas davon in meinem Haus haben. Es war schon schlimm genug, dass Octocat sich standhaft weigerte, sich von dem Geschirr zu trennen, von dem Ethel damals bei der Dinnerparty die vergiftete Mahlzeit zu sich genommen hatte. Da musste ich nicht noch zusehen, wie meine Großmutter sich in das Totenbett einer anderen alten Dame legte.

„Ich bin froh, dass sie endlich weg sind", bekundete Octocat. Dabei stand er mit seinen Vorderpfoten auf dem Rahmen eines der großen Fensters und blickte dem Umzugswagen hinterher. „Sie rochen übel, nach menschlichem Schweiß. *Bäh*".

Ich verdrehte die Augen, aber zum Glück war er zu abgelenkt, um es zu bemerken. „Das liegt wahrscheinlich daran, dass sie fast den ganzen Nachmittag schwere Sachen für uns geschleppt haben."

„Trotzdem eklig. Ich habe sehr empfindliche Geruchsnerven", entgegnete er mir und rümpfte demonstrativ die Nase. Nun, in diesem Punkt konnte ich ihm nicht wirklich widersprechen.

„Alles in Ordnung bei dir?", fragte ich, um ihn zu besänftigten, obwohl ich schon fast damit rechnete, dass er mich die ganze Nacht durchs Haus scheuchen würde, bis wir für alle seine Habseligkeiten den perfekten Platz gefunden hatten.

„Mir geht's gut", antwortete er und überraschte mich damit völlig. Würde er sich jetzt, wo wir hier lebten, zu einer zufriedeneren, weniger anspruchsvollen Katze entwickeln? Man konnte es nur hoffen.

„Ich bin bereit für die Beerdigung, wann immer du bereit bist", sagte er und ließ seinen Hintern auf den abgenutzten Orientteppich plumpsen. Dann musterte er mich mit großen Augen.

Die Teetasse – richtig. „Okay, ich hole die Schachtel." Ich versuchte, mich zu erinnern, ob ich sie im Auto gelassen oder irgendwo in der Küche verstaut hatte.

Octocat spurtete voraus und versperrte mir den Weg. „Ich sagte, wenn du bereit bist."

„Ich bin bereit. Wir können das jetzt machen." *Ach*, wie süß von ihm, zur Abwechslung mal meine Bedürfnisse zu berücksichtigen. Vielleicht war ihm durch den Verlust seiner Teetasse bewusst geworden, wie wertvoll die Freunde waren, die er noch hatte. Vielleicht hatten wir wirklich einen Wendepunkt in unserer Beziehung erreicht.

Er schüttelte den Kopf und erwiderte mit einem herablassenden Ton in der Stimme: „Nein, Angela. Das bist du *nicht*. Ich wollte nichts sagen, weil ich annahm, dass es dir selbst auffallen müsste, aber …" Er hielt dramatisch inne und atmete betont tief ein. „Auch du riechst nach menschlichem Schweiß."

… Vielleicht hatte sich ja auch überhaupt nichts geändert.

Ich stemmte meine Hände in die Hüfte und starrte ihn an. „Ja, und? Möchtest du, dass ich erst dusche, oder was?"

„Ich möchte es nicht nur", korrigierte er mich und betrachtete nonchalant seine Pfote. „Ich verlange es."

Eigentlich wollte ich diese ganze lächerliche Teetassenbeerdigung unbedingt abblasen, aber stattdessen machte ich auf dem Absatz kehrt und ging in Richtung Badezimmer. Verflixt, er hatte mich wirklich gut im Griff.

Auch wenn es mich auch ärgerte, von meinem Kater diktiert zu bekommen, was ich zu tun hatte, war die heiße Dusche eine Wohltat für meine schmerzenden Muskeln, und ich fühlte mich wieder mehr wie ich selbst, nachdem ich in meine Lieblingsjeans geschlüpft war, um mich nun wieder zu Octocat zu gesellen.

„Fertig!", trällerte ich und wollte eben noch die Teetasse holen.

Ich bekam einen ziemlichen Schreck, als seine

pelzige Gestalt am oberen Ende der Treppe erschien. „Ich glaube nicht", meinte er trocken.

„Was stimmt denn jetzt schon wieder nicht?", wollte ich wissen und tippte ungeduldig mit dem Fuß auf den Boden. Das war eine Geste, die er gut verstand, da er das so ähnlich auch oft machte, indem er mit dem Schwanz zuckte.

„Ist es nicht üblich, dass Menschen Schwarz tragen, wenn sie an einer Beerdigung teilnehmen?" Er neigte den Kopf zur Seite, als täte es ihm regelrecht weh, mir so etwas Banales erklären zu müssen. Immerhin sollte ich doch hier die Expertin für menschliche Sitten sein.

„Ja, aber ..."

Er hielt eine Pfote hoch, um mich zum Schweigen zu bringen. „Das habe ich mir gedacht. Also, hopp, hopp, mach schon."

Ich seufzte, zog aber trotzdem los, um das Kleid zu suchen, das ich vor ein paar Monaten zu Ethels Beerdigung getragen hatte. Ich war jetzt so verärgert, dass mein Kater froh sein konnte, wenn *er* nicht bald selbst beerdigt würde.

Er trauert. Er trauert, sagte ich mir immer wieder. Aber die Wahrheit war, selbst wenn er den besten Tag seines Lebens hätte, würde er mich wohl immer noch so behandeln. Die meisten Menschen hatten zwar durchaus ein Gespür für die Hochnäsigkeit und die Ansprüche ihrer Katzen, aber sie wussten nicht, wie weit das in Wahrheit ging, weil sie nicht so wie ich mit ihren geliebten tierischen Gebietern sprechen konnten. Und obwohl Octocat ständig rummotzte, meistens vergab er mir meine Fehler ja. Also bemühte ich mich auch nach Kräften, seine Macken zu ertragen.

Als ich kurze Zeit später die Treppe hinunterkam, klammerte ich mich nervös an das Geländer, nur für den Fall, dass eine aufgeregte Katze mir zwischen die Füße springen würde.

Octocat bedachte mich mit einem zustimmenden Schnurren, als er das lange schwarze Kleid und meine ordentlich zurückgekämmten Haare sah. „Endlich. Jetzt komm." Er schritt durch seine elektronische Katzentür und wartete auf der Veranda auf mich. Ich holte den kleinen improvisierten Schuhkarton-Sarg aus dem Handschuhfach meines Autos und folgte ihm zur Seite des Hauses.

Er blieb am Ende einer kleinen Mauer stehen, an die sich wunderschöne rosa Azaleen schmiegten. „Ich habe diesen Platz gewählt", informierte mich der Kater, „weil mich die Blüten an die hübschen kleinen Blumen erinnern, die einst unsere geliebte verstorbene Teetasse schmückten."

Mein Blick wanderte zwischen den Blumen und den Porzellanscherben in dem Karton hin und her, und mir wurde klar, dass er absolut recht hatte. Es war wirklich sehr aufmerksam von ihm, dass er sich darüber so viele Gedanken gemacht hatte. Ich fragte mich, ob er sich auch bei der Planung meiner Beerdigung so viel Mühe geben würde, sollte er mich überleben. Ein morbider Gedanke, aber bei all den Morden in letzter Zeit, durchaus ein berechtigter.

„Soll ich eine Schaufel holen gehen?", fragte ich, als er keine Anstalten machte, ein Loch in die weiche Erde zu graben.

„Das wäre wohl das Beste, Angela." Er senkte ehrfürchtig den Kopf. Betete er etwa? Wenn ja, zu welchem Gott betete er? Hatten wir denselben Gott? Und wie schickte man ein seelenloses Objekt in den Himmel? Fragen über Fragen, obwohl ich ehrlich gesagt immer angenommen hatte, dass mein Kater nur sich selbst anbetete und von mir erwartete, dass ich seiner seltsamen Religion ebenfalls beitrete.

Ich ließ ihn mit seinem merkwürdigen Ritual allein. Für Fragen war das jetzt nicht der richtige Zeitpunkt. Auch wenn ich es nicht richtig nachvollziehen konnte, hatte ich schon verstanden, dass es ihm extrem wichtig war und dass wir das jetzt durchziehen mussten.

Glücklicherweise brauchte ich nicht lange, bis ich eine kleine Handschaufel in Ethels Gartenschuppen fand. Während ich schnellen Schrittes zur designierten Grabstätte zurückkehrte, fragte ich mich, ob Ethel sich jemals selbst um die Gartenarbeit gekümmert hatte oder ob sie jemanden hatte, der das für sie erledigte. Ich fragte mich auch, wie lange ich wohl brauchen würde, um zu lernen, wie die vielen Pflanzen, die das Grundstück säumten, jeweils gepflegt werden wollten. Hoffentlich nicht so lange, dass ich einige von ihnen in der Zwischenzeit umbrachte, ungeschickt wie ich war. Ich wollte wirklich nicht noch mehr Beerdigungen von materiellen Dingen abhalten müssen. Sicher, Pflanzen waren genau genommen auch Lebewesen, aber deswegen musste man sie ja nicht gleich auch bestatten. Offensichtlich war die Teetasse ein besonderer Fall. Hoffentlich war das auch meiner Katze klar.

Als ich zu Octocat zurückkehrte, ließ ich mich auf die Knie nieder und begann, an der Stelle zu graben, die er mir gezeigt hatte. Währenddessen stand er daneben und setzte zu einer langen Rede über das Leben seiner guten Freundin, der Teetasse, an.

„Sie hat mir immer Wasser gegeben, wenn ich durstig war", jammerte er. Ich verkniff mir, ihn darauf hinzuweisen, dass dies daran lag, dass er partout aus keinem anderen Gefäß trinken wollte.

„Und im Gegensatz zu ihrer Schwester", fuhr Octocat fort, „ließ sie nie zu, dass eine Fliege an mein Evian kam." Seine Stimme zitterte. „Nein, das hätte sie nie getan. Sie hielt das Wasser rein und die Fliegen fern, genau wie es sich für eine gute Tasse gehört. Ich werde dich vermissen, Teetasse. Mein Frühstück wird ohne dich nicht mehr dasselbe sein. Und mein Abendessen auch nicht."

Ich bemühte mich sehr, an mich zu halten, und das war auch gut so, denn nun wandte er sich mit ernster Miene zu mir um: „Jetzt bist du dran, ein paar Worte zu sagen."

Tja, Mist. Warum hatte ich mir nichts überlegt? Das hätte ich doch kommen sehen müssen. Ich war ratlos. Also sagte ich das Erste, was mir in den Sinn kam, in der Hoffnung, es würde ihm gefallen. „Es war eine gute Teetasse. Eine hübsche. Und sie passte so schön zu den anderen."

„Genau! So war es!", rief Octocat. Er verstummte wieder, und in dem Moment schallte das dumpfe Geräusch eines Aufpralls von der anderen Seite des Wäldchens zu uns herüber.

„Was war das?", flüsterte ich meinem Kater zu.

Er stand reglos da und starrte hinunter in das

offene Grab, das ich für die Teetasse und ihren Sarg ausgehoben hatte.

„Hast du dieses Krachen gehört?", fragte ich ihn erneut, diesmal deutlich angespannter. Was, wenn der Mörder zurück war? Was, wenn er hinter uns her war und wir standen hier draußen rum und bekämen es nicht mit?

Meine Handflächen begannen zu schwitzen. Zum Glück hielt ich die Teetasse nicht mehr fest, sonst wäre sie wahrscheinlich ein weiteres Mal in den Tod gestürzt.

Octocat schien das nicht zu interessieren. Er hielt seinen Blick andächtig nach unten gerichtet und blieb ungerührt. „Ich denke, wir können hier nun zum Ende kommen", sagte er traurig. „Angela, würdest du bitte die Erde in das Grab schaufeln?"

Ich nickte und schob vorsichtig die Erde um den Schuhkarton herum, während Octocat ein Klagelied miaute. Es hätte ein schöner Moment sein können, wenn ich mir dabei nicht solche Sorgen gemacht hätte, dass es einen Killer direkt zu uns führen könnte. Glücklicherweise schloss mein Kater die Augen, während er sang, sodass ich hin und wieder einen Blick über die Schulter in Richtung der Bäume werfen konnte.

Es dauerte etwa fünf Minuten, bis er seinen wortlosen Gesang beendet hatte. Unser seltsames Ritual war nun offensichtlich zu seiner Zufriedenheit vollzogen, denn er neigte noch einmal den Kopf und verkündete dann: „Okay, Zeit, Detektiv zu spielen", woraufhin er in Richtung Wäldchen davonsauste.

8

ch konnte kaum mithalten, als Octocat sich seinen Weg durch das dichte Unterholz bahnte. Äste flitschten gegen meine Brust, je weiter wir vordrangen. Der Streifen Wald, der die beiden Grundstücke trennte, war zwar nicht sehr breit, doch da es keinen Weg hindurch gab, fühlte er sich ziemlich tief und düster an.

Obwohl ich mich vorsichtig bewegte, blieb ich mit dem Fuß an einer verschlungenen Wurzel hängen, stieß mir übel die Zehen und stürzte bäuchlings zu Boden. Natürlich hatte ich für die Beerdigung der Teetasse blöderweise offene Schuhe angezogen, was die Sache besonders schmerzhaft machte.

Stöhnend rollte ich mich auf die Seite. Meine armen Zehen! Ich umklammerte sie und hielt dabei nach Octocat Ausschau. Wahrscheinlich war er schon längst an der Harlow-Villa angekommen. Ich war also in diesem unheimlichen Wald allein, und mit diesen verdammten Prellungen würde ich auch nicht so schnell entkommen können, sollte es nötig sein.

Ein unheilvolles Knistern ein paar Meter von mir entfernt verhieß nichts Gutes. Etwas pirschte sich mit vorsichtigen Schritten über den laubbedeckten Boden an mich heran.

Bitte sei kein Wolf. Bitte sei kein Wolf, flehte ich innerlich. Wagten sich Wölfe so nah an ein Wohngebiet heran? Ich hatte keine Ahnung, aber dieser Wald zog sich extrem weit hin, durch die ganze vornehme Nachbarschaft. Es war durchaus möglich, dass er einigen größeren Tieren als Revier diente, die sich nun über mich als leichte Beute für ihr Abendessen freuten.

„Hallo?" rief ich in die Dunkelheit, denn einfach stumm darauf zu warten, dass etwas passierte, fühlte sich noch schrecklicher an. Vielleicht stand Officer Bouchard immer noch auf Harlow Manor Wache und würde in den Wald gerannt kommen, um mich zu retten. Hoffentlich würde er wenigstens einen Tick vorsichtiger sein, als ich es gewesen war.

Das Knistern der Blätter war verstummt. Nur

noch der Wind heulte unheilvoll durch die Bäume. Eines war gewiss: Wenn ich hier lebend rauskäme, würde ich diesen Wald nie wieder bei Dunkelheit betreten, egal wie neugierig mich irgendetwas machte.

Nie wieder, das schwor ich mir.

Ich drehte mich auf den Rücken und setzte mich auf. Mir tat alles weh, und ich würde definitiv eine weitere Dusche brauchen. Zum Glück schien nichts gebrochen zu sein, also stützte ich mich mit meinen schmutzigen Händen am Boden ab, um aufzustehen. Die eine Seite tat mir so weh, dass ich schwankte und sie kaum belasten konnte. Also humpelte ich wie ein Zombie davon, kam aber durch das Gestrüpp nur sehr langsam voran.

Ich war erst ein paar Meter weit gekommen, als das Knirschen wieder einsetzte.

Ich wollte rennen, wusste aber, dass es mit meiner Verletzung keinen Zweck hatte und ich nur erneut stürzen würde. Also stapfte ich langsam weiter, während mir ein unbekanntes Tier dicht auf den Fersen war. Ich hatte die Hälfte der Strecke zwischen dem Haus der Senatorin und meinem geschafft, als ich Octocat schreien hörte: „Oh, wenn du Ärger suchst, dann hast du ihn gefunden!"

„Octocat?", rief ich und drehte mich um und

suchte den Wald nach seinem kleinen, gestreiften Körper ab. Noch nie im Leben war ich so froh gewesen, seine krakeelige Stimme zu hören.

Leider war es nicht er, den ich jetzt vor mir stehen sah. Stattdessen wurde ich von zwei gelb-grünen Augenpaaren fixiert, die immer näherkamen, bis wir nur noch wenige Meter voneinander entfernt waren. Die weißen Flecken am Körper der kleineren Katze machten es einfacher, sie zu erkennen, aber die deutlich größere schwarze Sphynx blieb nahezu im Schatten verborgen, nur ihre großen Augen leuchteten.

Octocat tauchte ein paar Sekunden später neben mir auf und musterte mich von oben bis unten. „Was ist denn mit dir passiert?"

„Ich bin gefallen", sagte ich nüchtern, wobei ich unsere beiden seltsamen Besucher nicht aus den Augen ließ. Obwohl dieser Wald ihnen wahrscheinlich genauso gehörte wie uns.

„Haben sie dich zu Fall gebracht?" Er stellte sich zwischen mich und die beiden Katzen und knurrte, wodurch ich mich schon etwas sicherer fühlte. Er mochte mich also doch noch.

„Nein, so war es nicht", versicherte ich.

„Na ja, hätte ich ihnen schon zugetraut", murmelte er.

Die größere Sphynx trat vor und gab mehrere tiefe Miau-Laute von sich.

„Oh Gott, nicht das schon wieder", zischte mein Kater daraufhin.

„Was hat sie gesagt?", fragte ich, humpelte zum nächstgelegenen Baum hinüber und stützte mich mit einer Hand an dessen Stamm ab, weil ich kaum noch länger auf dem einen Fuß stehen konnte.

Bei unserem letzten Fall hatte er sich mit einem traumatisierten Yorkie unterhalten müssen, und er hatte es gehasst. Mit den Sphynx-Katzen zu sprechen, schien allerdings ein noch viel größeres Ärgernis für ihn zu sein. Octocat holte tief Luft, bevor er übersetzte: *„Die Eule ruft geheimnisvoll bei Nacht, sodass die Neugierde in uns erwacht."*

Nun, das war nicht das, was ich erwartet hatte. „Ähm, was?", fragte ich und stützte mich noch mehr gegen den Baum.

„Nicht was", korrigierte Octocat mich mit einem tiefen Seufzer. *„Wer?"*

„Hä?" Ich kratzte mich mit der freien Hand am Kopf, jetzt völlig verwirrt.

Er seufzte wieder. „Weißt du noch, als ich dir gesagt habe, dass ich ihre Art nicht mag? *Das* ist der Grund. Es liegt nicht daran, dass sie komisch aussehen, sondern weil sie komisch reden. Sie sprechen immer in Rätseln. Deshalb nennt man sie Sphynx-Katzen. Verstehst du es jetzt?"

„Du meinst, wie die mythische Kreatur, die die Geheimnisse der Götter bewachte?" Ich fand es total verrückt und gleichermaßen faszinierend, dass eine alte Sage, an die ich mich kaum erinnerte, tatsächlich etwas mit unserer modernen Welt zu tun haben sollte.

„Oh, jene Sphinx tat das nicht aus Selbstlosigkeit", erklärte Octocat weiter, als hätte er die Sphinx der alten griechischen Mythologie persönlich gekannt. „Sie war ein böser Dämon, der alle völlig grundlos peinigte." Er spuckte in Richtung unserer beiden unbehaarten Besucher und stellte die Haare auf seinem Rücken bedrohlich auf.

„Wow", flüsterte ich.

Mein Kater drehte sich wieder zu mir um, irgendwie noch angespannter als eben. „Jetzt verstehst du, warum ich nicht so scharf darauf war, mich mit diesen Typen zu unterhalten. Die Große ist übrigens Jillianne, und der Kleine ist Jacques."

„Ich weiß, dass du dich im Moment etwas unwohl fühlst", sagte ich beschwichtigend. Auch mir war nicht wohl. Während die drei Katzen jeweils vier gesunde, kräftige Beine besaßen, hatte ich nur eines. Wenigstens war Octocat an meiner Seite geblieben, trotz seiner Frustration. „Aber wir könnten ihre Hilfe wirklich gut gebrauchen", fuhr ich fort. „Könntest du ihnen bitte nur noch sagen, dass ich ihre neue Nachbarin bin und dass ich mich sehr freue, sie kennenzulernen?"

„Weißt du, dass die Sphinx der Sage nach auch gerne Menschen tötete?" Octocat leckte sich eine Pfote, während er sprach, vielleicht, weil er nicht gerne auf dem schmutzigen Waldboden saß, oder aber, um demonstrativ zu zeigen, dass er im Gegensatz zu unseren beiden Gesprächspartnern ein Fell hatte.

Nach einigem Hin und Her teilte er mir mit: „Sie sagen, und ich zitiere: *Ob geschrieben auf Papier mit Hand oder Tatze, dies ist unser Gruß an den Menschen der Katze.*"

„Ha, sie haben mich willkommen geheißen!", rief ich erfreut und bekam langsam Spaß an der Sache. „Wie kommen die so schnell auf so was? Das müssen Genies sein."

Mein armer, leidgeprüfter Kater und ich waren wohl wieder einmal, so schien es, ganz unterschiedlicher Auffassung. „Ich muss mir das nicht gefallen lassen", grummelte er. „Wenn du meine Hilfe willst, dann hör bitte auf, ihr unhöfliches Verhalten zu unterstützen."

Hatte er nicht gesagt, dass sie immer so reden? Ich verkniff mir, ihn zu korrigieren, sonst würde er sofort nach Hause abdampfen. Dabei gab es noch so viele Dinge, die ich über die beiden wundersamen Katzen in Erfahrung bringen wollte. „Kannst du sie bitte fragen, ob sie wissen, wer ihre Besitzerin getötet hat?", bat ich ihn stattdessen.

Octocat sah mich prüfend an. Seinem Blick nicht auszuweichen war eine Herausforderung. „Das wird mir jetzt zu bunt hier. Ich schlage vor, du überlegst dir jede Frage genau, denn ich spiele bestimmt nicht die ganze Nacht den Dolmetscher für dich", warnte er mich.

„Okay, okay, ist ja gut", murmelte ich. „Also, erzähl mal bitte, was haben sie gesagt?"

Er legte die Ohren an und schüttelte den Kopf. „Ja klar, du hast Spaß hier. Und zwar eindeutig zu viel. Ich sage dir gleich, dass wir sie *nicht* adoptieren werden."

Jetzt reichte es. Ich wollte ihn gerade anmotzen, als er in einem gelangweilten Tonfall das nächste Rätsel vortrug: *„Was wir bestätigen heut Nacht, auch wenn es einen schwindlig macht."*

„Ja!" rief ich entzückt. „Das heißt ja, oder? Sie wissen es!" Dieser Fall könnte wirklich schnell gelöst

sein, denn wir hatten zwei wichtige Zeugen hier, die bereit waren, mit uns zu reden.

Octocat stieß ein grässliches Stöhnen aus, drehte sich abrupt um und verschwand zwischen den Bäumen.

„Hey, warte!", rief ich ihm hinterher und versuchte, ihm zu folgen. Ich hoffte, die Sphynx-Katzen würden uns auch folgen. Ich konnte es kaum erwarten, sie nach dem Mörder zu fragen. Nur noch diese eine Frage, mehr müssten wir gar nicht wissen. Kapierte Octocat das denn nicht?

„Sie wissen, wer die Senatorin getötet hat", rief ich ihm hinterher. „Jetzt müssen wir sie nur noch fragen, wer das getan hat, und der Fall ist in Rekordzeit gelöst!"

Ich konnte ihn nirgends sehen. War er wirklich einfach weggelaufen und hatte mich im Stich gelassen? Und ich dachte tatsächlich, er würde sich Sorgen machen. Nun, er würde schon sehen, was er davon hatte. Das würde ich nicht auf sich beruhen lassen.

„Oh, Octocat!", rief ich betont freundlich, doch im Grunde war es mein letzter verzweifelter Versuch, ihn umzustimmen. „Wo bist du?"

Nichts. Sogar der Wind hatte aufgehört zu heulen. Großartig. Einfach großartig. Er haute ab und ließ mich verletzt allein in diesem gruseligen Wald zurück. Es sei denn …

Ob die Sphynx-Katzen noch da waren? Ich drehte mich um und prallte gegen einen tonnenförmigen Körper. Einen menschlichen Körper mit einer breiten Brust.

Ich schaute mir noch nicht mal an, mit wem ich es da zu tun hatte, sondern versuchte, sofort loszurennen. Verletzter Fuß hin oder her, ich musste zurück zum Haus und mich in Sicherheit bringen. Ich musste weg aus diesem verfluchten Wald. Mein Leben stand auf dem Spiel.

Doch schon nach einem Schritt kam ich nicht mehr weiter. Dieser Jemand packte mich am Arm, zog mich zurück und drückte mich mit festem Griff gegen seine Brust.

„Hey, was soll …?“, schrie ich, während ich verzweifelt versuchte, von ihm wegzukommen.

Er drückte mir eine verschwitzte Hand auf den Mund, bevor ich um Hilfe rufen konnte.

Okay, das war's jetzt also. Hier würde ich sterben – nicht auf der Treppe meines Hauses, sondern im Wald, nur ein paar Meter von meinem neuen Zuhause entfernt.

Das war kein besonders guter Umzugstag.

Ganz und gar nicht.

9

Das war's jetzt wohl mit mir. Oder? Nein, kampflos aufgeben würde ich nicht!

Ich war schon einmal von einem Mörder festgehalten und gefesselt ins Hafenbecken geworfen worden, damit ich dort krepiere, aber ich habe überlebt. Also hatte ich auch jetzt noch eine Chance! Ich nahm all meine Kraft zusammen und biss in die fleischige Hand, die meinen Mund bedeckte.

Ja! Strike!

Mein Angreifer schrie vor Schmerz auf, ließ mich los und umklammerte seine verletzte Hand. „Aua, was soll das?" Seine Stimme klang für einen Mann etwas zu schrill – und dann auch noch recht nasal.

„Hey, geht's noch? Sie haben mich angegriffen!",

entgegnete ich und musterte sein rotes Gesicht und seine ähnlich rote Flanell-Schlafanzugshose. Er wirkte weitaus weniger furchteinflößend, jetzt, wo ich ihn besser sehen konnte, aber das änderte nichts an der Tatsache, dass er mir größen- und kräftemäßig überlegen war.

„Wer sind Sie?", fragte ich ihn nachdrücklich. „Was machen Sie in meinem Wald?" Er brauchte ja nicht zu wissen, dass ich erst seit heute Nachmittag hier wohnte.

Zumindest sah er nun richtig zerknirscht aus. Er hielt immer noch seine schmerzende Hand fest, während er mir erklärte: „Ich habe Geräusche gehört, also bin ich raus, um zu sehen, was da los ist, und dann sind Sie direkt in mich reingerannt."

„Was?" War das denn zu fassen? Ich verschränkte die Arme vor der Brust. Es musste schön sein, ein Mann zu sein und völlig unbesorgt in den dunklen Wald zu marschieren, ohne Angst, dass irgendwelche Serienkiller dort auftauchen könnten. Andererseits hatte ich mich ja auch nicht zum ersten Mal in eine gefährliche Situation gebracht, nur mit einer temperamentvollen Katze als Rückendeckung. Ich schätze, ich konnte jetzt nicht allzu hart mit ihm ins Gericht gehen. „Und würden Sie mir denn jetzt verraten, wer Sie sind."

„Ich bin Matt Harlow", sagte er und streckte mir zur Begrüßung seine unverletzte Hand entgegen.

„Sie wollen mir wirklich die Hand reichen, obwohl ich in Ihre andere gebissen habe?", fragte ich und weitete herausfordernd die Augen, so wie es meine Katze oft mir gegenüber tat. Ich fühlte mich immer noch nicht sicher und wollte nur raus aus diesem Wald. Hier im Dunkeln, verletzt, und mit diesem Unbekannten, das war einfach nicht gut.

Matt trat zurück und lachte nervös. Immerhin war ihm das hier auch nicht geheuer. „Gutes Argument", erwiderte er. „Ist bei Ihnen denn alles in Ordnung?"

„Ja, alles gut", gab ich zurück, auch wenn das Pochen in meinen Zehen immer stärker wurde.

„Gut, mehr wollte ich nicht wissen." Er hob den Arm zum Gruß und entschwand in die Richtung, aus der er gekommen. „Ich wünsche Ihnen eine angenehme Nacht."

Ich sah ihm nach, bis er außer Sichtweite war, dann machte ich mich auf den Weg zurück zum Haus. Das war also Matt Harlow, der nächste Angehörige der Senatorin. Wären wir uns unter anderen Umständen begegnet, hätte ich ihn ein wenig ausfragen können, um herauszufinden, was er wusste. So aber war es definitiv besser, auf eine Gelegenheit bei Tageslicht und mit einem zuverlässigen Handysignal zu warten, bevor ich ihn möglicherweise des Mordes beschuldigte.

Okay, er schien ein ganz netter Kerl zu sein – groß und kräftig, ein Teddybärtyp, aber das änderte nichts an der Tatsache, dass er mich im Wald direkt gepackt und mir den Mund zugehalten hatte. Und das war viel unheimlicher, als es diese haarlosen, rätselhaften Katzen jemals sein würden.

„Ich bin wieder da", rief ich, als ich mich endlich durch die Tür geschleppt hatte. Ach, warum machte ich mir überhaupt die Mühe, ihm das mitzuteilen? Meinen Kater kümmerte meine Sicherheit ja offensichtlich herzlich wenig.

Octocat hielt sich schlauerweise versteckt. Andernfalls hätte ich ihm bestimmt eine Standpauke gehalten, weil er mich im Wald im Stich gelassen hatte, gerade als die Sphynx-Katzen kurz davor waren, uns etwas Entscheidendes mitzuteilen. Nun, wenn er sich vor mir verstecken wollte, konnte er von mir aus ohne Abendessen ins Bett gehen.

Ich stampfte durch das Haus, nur um sicherzustellen, dass er wusste, wie wütend ich auf ihn war. Bei meiner dritten Runde durch das offen gestaltete Erdgeschoss legte ich einen Stopp in der Küche ein, um Octocat eine frische Portion seines bevorzugten

Premiumkatzenfutters in den Napf zu füllen. So sehr ich ihm auch eine Lektion erteilen wollte, hatte ich trotzdem keine Lust, mich die ganze Nacht über sein Gejaule ärgern müssen.

Aber eine kleine Rache musste sein. Deshalb tischte ich ihm die Geschmacksrichtung auf, die er am wenigsten mochte – Hühnchen. Das hatten wir auch nur da, weil die Dose in dem Multipack war, den es in unserem Tierfutterladen im Ort deutlich günstiger gab. Normalerweise sammelte ich diese Dosen, bis ich ein paar Dutzend zusammenhatte, und gab sie dann als Spende an das örtliche Tierheim, aber heute kam es mir sehr gelegen, dass ich davon eine nehmen konnte.

Dann hoppelte ich frustriert die Treppe zu meinem Turmzimmer hinauf und verriegelte die Tür hinter mir. Erst morgen würde eine Firma vorbeikommen, um das Internet anzuschließen, also musste ich mich vorerst auf die mobile Verbindung meines Telefons verlassen, um mir vor dem Schlafengehen noch ein paar Sachen im Netz anzuschauen. Obwohl es ewig dauerte, bis die Seiten richtig luden, weil wir hier durch den nahen Wald wohl kein gutes Signal hatten, wollte ich ein paar schnelle Recherchen über die Aktivitäten der Senatorin anstellen, um zu sehen, ob es in letzter Zeit irgendetwas gab, das ein Hinweis auf ihren Mord sein könnte.

Wo ich schon dabei war, schaute ich mir auch gleich an, was es über Matt Harlow gab. Soweit ich das beurteilen konnte, war er ein ganz normaler Typ mittleren Alters, ein Stadtmensch, der kürzlich geschieden worden war und einen Job im Verkauf hatte. Nichts stach mir ins Auge, nichts das vermuten ließ, er könne ein Serienmörder sein. Aber möglicherweise hatte er bisher nur einmal getötet, sollte Lou Harlows vorzeitiges Ableben auf sein Konto gehen.

Ehrlich gesagt, ich war ratlos.

Ein ungeduldiges Kratzen außen an meiner Tür ließ mich aufhorchen.

„Geh weg!", rief ich, weil ich gerade keine Lust hatte, mich mit meiner Diva-Katze auseinanderzusetzen.

Octocat murmelte irgendetwas vor sich hin, das nicht bei mir ankam. Er schien mit sich selbst zu hadern. „Es tut mir leid!", rief er dann klar und deutlich nach kurzem Zögern.

Ich war so schockiert, dass ich mein Handy aufs Bett fallen ließ. Ich konnte mich nicht erinnern, jemals diese spezielle Kombination von Worten über seine Lippen kommen gehört zu haben, höchstens ein *„Das wir dir noch leidtun"*, sicher, aber eine echte, von Herzen kommende Entschuldigung? Noch nie.

Ich lächelte in mich hinein. Diesen Moment musste ich auskosten, genau wie Octocat das oft mit mir machte. „Was hast du gesagt?", fragte ich und tat so, als hätte ich es nicht verstanden.

Ob er echt ein schlechtes Gewissen hatte? Oder war er in Wirklichkeit nur gekommen, um eine andere Katzenfuttersorte zu verlangen? Ich war mir nicht sicher. Aber immerhin.

Seine Stimme wirkte angespannt, und mir wurde klar, dass dieser Moment Strafe genug für ihn war. „Du weißt, was ich gesagt habe. Du bist einfach – *aah, menno!* Es tut mir leid, okay? Es tut mir leid!"

So schnell ich denn konnte, rannte ich zur Tür. Es fühlte sich wie so eine Zeitlupenszene im Film an, wenn die Heldin durch ein Feld voller leuchtender Blumen schwebt, um zu ihrem Helden zu gelangen. Ja, ich liebte meine Katze, und dieser Moment war definitiv etwas Besonderes für mich.

Als ich die Tür öffnete, lächelte ich ihn an und sagte: „Ich verzeihe dir."

„Toll", sagte er mit einem frechen Grinsen. „Übrigens, unten an der Treppe wartet eine schöne, grüne Kotzlache auf dich." Er trottete davon und ließ dabei triumphierend die Hüften schwingen. Offen gestanden, konnte ich mich nicht einmal daran erinnern, wofür er mich mit der grünen Kotze bestrafen wollte, aber ich hatte Wichtigeres zu tun.

Ich ließ meine Tür offen, für den Fall, dass er zurückkommen wollte, damit wir unseren Frieden mit einer Kuscheleinheit besiegeln konnten. Dann machte ich es mir wieder auf dem Bett bequem und setzte meine Nachforschungen über die verstorbene Senatorin und ihren Sohn fort.

Zuerst las ich alle Nachrichtenartikel aus dem letzten Monat, in denen sie erwähnt wurde. Das langweilte mich jedoch so sehr, dass ich mich lieber darauf konzentrierte, was ich schon persönlich herausgefunden hatte.

Ich öffnete die Notizen-App auf meinem Handy und tippte alles ein, was ich schon wusste:

War in ihrer 4. Amtszeit, wäre wahrscheinlich wiedergewählt worden.

Starb durch einen Treppensturz.

Untere Treppenstufe eingebrochen.

Mom bat mich, mit ihr für ihren Sender zu recherchieren.

Mulmiges Bauchgefühl am Tatort.

Zwei Sphynx-Katzen von französischem Züchter.

Officer Bouchard stand fast den ganzen Tag draußen Wache.

Mr. Thompson kam vorbei und wurde abgewiesen.

Nächster Angehöriger ist Matt Harlow. Hat mich im Wald überrumpelt und mir den Mund zugehalten, als ich schreien wollte.

So, das war alles bis jetzt, oder? Wenn alle Personen auf meiner Liste als Verdächtige in Betracht kamen, hätten wir also Officer Bouchard, Matt Harlow, Mr. Thompson, meine Mutter und irgendeinen Katzenzüchter in Frankreich. Und, ach so ja, noch dazu die beiden Katzen. Ich hätte wahrscheinlich auch jede Person hinzufügen sollen, die bei den nächsten Zwischenwahlen für den Sitz der Senatorin kandidieren würde. Bis dahin waren es aber noch mehr als zwei Jahre, weshalb ich einen politischen Gegner für eher unwahrscheinlich hielt.

Das führte mich zu einer weiteren entscheidenden Frage: Woher kannte die Senatorin Mr. Thompson? Sicher, ich könnte ihn einfach fragen, wenn ich das nächste Mal wieder in die Kanzlei zur Arbeit musste, aber würde er mir dann die Wahrheit sagen oder mich nur weiter in die Irre führen?

Ich googelte fast eine Stunde lang, um irgendeine Verbindung zwischen Harlow und Thompson zu finden, konnte aber nichts entdecken. Da ich für den Rest der Woche noch frei hatte, beschloss ich, jemanden um Unterstützung zu bitten.

„Hallo?", flüsterte Charles, der Juniorpartner der Kanzlei und mein Ex-Schwarm, ins Telefon.

„Charles, könntest du mir einen Gefallen tun?"

„Ich bin mit Breanne im Kino, warte einen Moment." Im Hintergrund vernahm ich einige genervte Laute der anderen Kinobesucher. Es dauerte etwa eine Minute, bis er sich mit kräftiger Stimme zurückmeldete. „Bin jetzt in der Lobby. Was gibt's?"

„Die Senatorin wurde heute ermordet", informierte ich ihn, falls er es noch nicht gehört haben sollte.

Aber er wusste es schon. Natürlich wusste er es. „Es wurde nicht ausgeschlossen, dass es ein Unfall gewesen sein könnte", korrigierte er mich.

„Aber *das* habe ich ausgeschlossen", entgegnete ich, worauf er wohl bewusst nicht antwortete. „Wie auch immer, aber jetzt wird's interessant: Thompson ist heute Nachmittag bei Harlows aufgekreuzt und wollte ins Haus, aber die Polizisten haben ihn abgewiesen."

„Das ist seltsam. Warte mal, woher weißt du das?"

„Ich wohne jetzt nebenan. Schon vergessen?", antwortete ich trocken.

„Du kannst dich einfach nicht von einem guten Kriminalfall fernhalten, nicht wahr, Russo?", sagte er lachend, obwohl es hier um einen Mord ging. Mein Herz fing schon wieder ein wenig an zu schmelzen, aber da er mittlerweile vergeben war, unterdrückte ich dieses Schmetterlingsgefühl und konzentrierte mich wieder auf die harten Fakten.

„Könntest du Thompson für mich genauer unter die Lupe nehmen? Ich würde gerne wissen, woher er die Senatorin kannte. Und warum ist er heute da aufgetaucht?"

„Geht klar", versicherte er mir. „Sonst noch was?"

„Nee, geh ruhig zurück zu deinem Date, Loverboy." Ich hoffte, er bemerkte den Sarkasmus in meiner Stimme nicht. Wie dem auch war, er beendete das Gespräch umgehend und ließ mich wieder allein in meinem riesigen Haus zurück – und möglicherweise mit einem Mörder nebenan.

Vielleicht könnte ich Großmutter überreden, früher einzuziehen? Dann hätte ich immerhin nicht nur eine temperamentvolle Katze, sondern auch eine resolute alte Dame zu meinem Schutz, sollte etwas passieren.

10

ch verbrachte noch einige Stunden damit, das Leben, die Geschichte und die politischen Positionen der verstorbenen Senatorin zu recherchieren, fühlte mich am nächsten Morgen der Lösung des Mordes dennoch keinen Schritt näher. Klar, das Erbe könnte ein Motiv gewesen sein, wie es bei dem Mord an Ethel Fulton der Fall gewesen war, aber irgendwie bezweifelte ich das.

So beängstigend er mir gestern Abend auch vorkam, ihr höflicher Teddybärsohn aus dem Mittleren Westen erschien mir nicht wie ein Killer – es fehlte ihm wohl nur etwas an Sozialkompetenz. Trotzdem konnte ich ihn nicht völlig ausschließen. Ansonsten kamen nur noch die beiden Katzen und möglicherweise auch mein Chef als Verdächtige infrage.

Hoffentlich würde Charles heute herausfinden, was ich über Thompson wissen musste. Ich hatte damals zu Charles gehalten und ihm geholfen, als niemand sonst bereit war, ihn bei seinem „nicht zu gewinnenden" Doppelmordfall zu unterstützen. Trotz aller Widrigkeiten hatten wir es geschafft, und ich wusste, dass uns das wieder gelingen konnte. Zwar gab es keinen offiziellen Fall für die Kanzlei, aber ich fand, wir waren der Welt zumindest die Wahrheit über Lou Harlows Tod schuldig.

Nach einem schnellen Frühstück bestehend aus trockenen Cornflakes, band ich mir die Haare zurück, schlüpfte ich in mein leicht gewagtes Retro-Sommerkleid und stieg in mein Auto. Ich wollte diese Sache so schnell wie möglich lösen – nicht nur für die Senatorin und den Rest der Welt, sondern auch für mich selbst. Letzte Nacht hatte ich kaum schlafen können, und ich war überzeugt, das würde sich auch nicht ändern, solange ich mich in meinem neuen Zuhause nicht wirklich sicher fühlen konnte.

„Hey, wo fährst du denn hin?", fragte Octocat missbilligend, sprang auf die Motorhaube und starrte mich durch die Windschutzscheibe hindurch an.

„Nach nebenan", teilte ich ihm mit. Durch den

Wald kriegten mich im Moment keine zehn Pferde mehr, egal ob es jetzt helllichter Tag war oder nicht. „Und jetzt runter von meinem Auto, ich will losfahren."

„Ich komme mit!", rief er und sprintete in Richtung Wald. Das überraschte mich nicht im Geringsten. Er bevorzugte eben diese Fortbewegungsmethode.

Ich steuerte den Wagen die lange, kurvige Auffahrt hinunter, ein kleines Stück die Straße entlang und bog dann in die lange, kurvige Auffahrt von Harlow Manor ein. Mein armer Fuß tat immer noch weh, sonst hätte ich sicher schneller durch den Wald nach drüben gelangen können, aber manchmal hat Schnelligkeit eben keine Priorität, wenn man etwas erreichen wollte.

Zum Beispiel, wenn es darum ging, einen rätselhaften Mord aufzuklären.

Diese Lektion hatte ich nun verinnerlicht. Denn bei meinem ersten Fall war ich einfach losgerast, ohne mir überhaupt die Zeit zu nehmen, mich auf das Rennen vorzubereiten. Das hatte mich am Ende beinahe das Leben gekostet.

Wenn ich es recht bedenke, hatte ich mich auch bei der Lösung meines zweiten Falles in Lebensgefahr begeben. Dieses Mal wäre ich wirklich froh, wenn ich dem Tod nicht erneut ins Auge sehen müsste, um Harlows Mörder dingfest zu machen. Ich würde mich sicher auch mehr wie ein Profi fühlen, wenn ich das Verbrechen aufklären könnte, ohne dabei das Leben von *irgendwem* zu gefährden.

Vielleicht war ja heute mein großer Tag – ein Wendepunkt im Leben der Tierflüsterer-Detektivin, Miss Doolittle. Ich kicherte bei dem Gedanken, musste aber schon zugeben, dass mir der Spitzname, den mir meine Mutter verpasst hatte, inzwischen ganz gut gefiel.

Als ich nebenan vorfuhr, war ich überrascht, dass weder Polizeiautos und noch ein Sportwagen vor der Harlow-Villa standen. Stattdessen parkte dort ein rostiger alter Pick-up direkt vor dem Haupteingang. Die Haustür stand weit offen, aber ich konnte niemanden drinnen sehen, geschweige denn die mystischen Katzen.

„Ich bin hier!", raunte Octocat aus Richtung Wald. „Und ich habe dir etwas mitgebracht." Er erschien mit einem toten Nagetier im Maul.

„Bäh!", fuhr ich ihn an und bereitete mich innerlich schon darauf vor, dass die Katzenkotze morgen früh besonders ekelhaft sein würde.

„Ist da jemand?", rief eine tiefe Stimme aus dem Inneren des Hauses.

Ich stellte mich neben mein Auto und wartete darauf, dass derjenige, dem diese Stimme gehörte, herauskam. Als er dann tatsächlich auf der Veranda auftauchte, ließ ich einen kleinen Freudenschrei los und rannte zu ihm, um ihn zu umarmen. „Brock! Es ist so schön, dich in Freiheit zu sehen." Hoffentlich war ich ihm durch meine Wortwahl jetzt nicht zu nah getreten, aber die letzten Male, die ich ihn gesehen hatte, waren im Gefängnis beziehungsweise vor Gericht gewesen.

„Angie, richtig?", fragte er und erwiderte mein breites Grinsen. „Danke, dass du mir aus der Sache rausgeholfen hast."

Ups. Natürlich kannte er mich nicht so gut wie ich ihn. Ich hatte fast eine ganze Woche wie besessen an seinem Fall gearbeitet, während er mich immer nur ganz kurz zu Gesicht bekommen hatte, mitten in der wohl stressigsten Zeit seines Lebens.

„Jederzeit wieder", witzelte ich mit einem spielerischen Faustschlag gegen seine Schulter.

„Nun, hoffentlich nie wieder", erwiderte Brock lachend. „Aber ich weiß es zu schätzen."

Er sah gut aus. Wirklich gut. Sein zuletzt langes, dunkles Haar war jetzt viel kürzer, gerade noch lang genug, dass man mit den Fingern schön hindurchfahren konnte.

Wer? Ich? *Nein.* Mein letzter Schwarm hatte sich schließlich erst vor Kurzem eine andere geschnappt. Das reichte mir vorerst. Außerdem konnte sich der gute Brock kaum an meinen Namen erinnern. Diese romantischen Fantasien schlug ich mir besser sofort wieder aus dem Kopf.

Andererseits – er lächelte so nett und offenherzig. Unfassbar, dass diese fiese rothaarige Maklerin seine Zwillingsschwester war. Abgesehen von ihrem Nachnamen hatten sie fast nichts gemeinsam. Zumindest soweit ich das erkennen konnte.

Brock machte eine einladende Handbewegung, und ich folgte ihm ins Haus. Dann kniete er sich hin und setzte seine Arbeit an der kaputten Treppe fort.

Diese Hose. Dieses Hemd. Seine Muskeln. Und die Art, wie er mit dem Hammer umging ... *Wow.*

In diesem Moment schien Charles Longfellow III., in den ich ziemlich verschossen gewesen war, schon fast vergessen. Ich fragte mich, ob Großmutter es gutheißen würde, wenn ich mit einem Ex-Häftling ausging, obwohl er ja zu Unrecht eingesessen hatte. Verdammt, sie fände es wahrscheinlich noch aufregender als ich.

Nein, nein, nein. Böse Angie! Ich hatte jetzt keine Zeit, jemanden zu daten – noch nicht einmal, um darüber nachzudenken, wo doch ein Mörder frei herumlief.

„Sie haben dich also beauftragt, die Treppe zu reparieren?", fragte ich, um etwas halbwegs Sinnvolles von mir zu geben.

Seine dunklen, funkelnden Augen waren so schön, als er sich mir zuwandte und mich interessiert ansah. „Ja genau", antwortete er. „Und ich bin dankbar dafür. Obwohl ich freigesprochen wurde, haben viele Leute hier anscheinend immer noch Hemmungen, mich anzuheuern."

„Oh, ich hätte da ein paar Sachen, die du bei mir machen könntest." Ich starrte fasziniert auf die Muskeln, sie sich unter seiner Jeans abzeichneten. Moment, hatte ich das laut gesagt?

„Was hast du gesagt?", fragte er, drehte sich zu mir um und fuhr sich mit dem Unterarm über den Kopf.

„*Äh ...*" Ich konnte gerade nicht klar denken. Was hatte ich gesagt? Dann wurde mir alles klar: Kaffee! Mein verwirrter geistiger Zustand lag gar nicht an ihm. Ich hatte heute noch kein bisschen Koffein intus und brauchte dringend eine Tasse meines persönlichen Zaubertranks. Kein Wunder, dass mein Gehirn noch nicht auf Kurs war. In Zukunft würde ich besser aufpassen, was das betraf.

Ich kniff mich in die Innenseite meines Arms, um mich aus meinen Träumen zu holen und lächelte ihn an: „Ich hätte ein paar Jobs für dich in meinem neuen Haus, wenn du Zeit hast. Also eigentlich wohne ich direkt nebenan."

Er stand auf und blickte in Richtung meines Hauses, als könnte er es irgendwie durch die massiven Steinmauern von Harlow Manor sehen. „Ja gern, das wäre super."

Octocat erschien in der Tür, mit Spuren frischen Blutes im Gesicht, aber zum Glück waren die Überreste seines Vormittagssnacks nirgends zu sehen. „Kein Wunder, dass du keinen Freund hast", murmelte er, während er begann, sich zu putzen.

Meine Güte, sogar mein Kater hatte kapiert, mit welchen Gedanken ich spielte. Das fing ja gut an heute.

Octocats unmittelbares Auftauchen erinnerte mich daran, dass ich aus einem ganz bestimmten Grund hierhergekommen war, und zwar nicht, um mit dem Handwerker zu flirten. „Eigentlich bin ich nur vorbeigekommen, um mit Matt Harlow zu sprechen. Ist er hier?"

Brock wühlte in einem Behälter mit Nägeln, bis er die gewünschten gefunden hatte: „Nö, er war nur ganz kurz hier, als ich ankam, und ist dann direkt wieder gefahren. Zur Testamentseröffnung", erklärte er, während er sich auf seine Arbeit konzentrierte. „Soll ich ihm ausrichten, dass du hier warst?"

„Das wäre nett, danke." Da ich hier jetzt nicht weiterkam, machte ich mich wieder auf und warf Octocat einen bösen Blick zu, als ich an ihm vorbei in Richtung Tür ging. Er behauptete zwar immer noch, alle Menschen sähen gleich aus, doch zumindest hatte er eine Trefferquote von etwa neunzig Prozent, wenn es darum ging, das Geschlecht einer Person zu erkennen. Ich fragte mich, ob das bei den Sphynx-Katzen genauso war. Wenn sie den Mörder gesehen hatten, würden sie in der Lage sein, ihn zu identifizieren?

„Oh, warte. Ich hab' noch was vergessen", rief Brock mir nach.

Ich drehte mich so schnell um, dass mein Kleid schwungvoll um mich herumwirbelte, beinahe wie in einem alten Film, und Brock kicherte.

„Ich wollte dir nur sagen, dass wir ein offizielles Angebot für das Haus deiner Großmutter haben. Sieht so aus, als hättest du schon bald eine neue Mitbewohnerin."

Hey, cool. Er und seine Schwester waren für den Verkauf von Grandmas Haus zuständig. Damit holte er mich wieder in die Realität zurück, und das war gut so. Schließlich gab es noch andere wichtige Dinge, nicht nur ihn und meinen unhöflichen Kater.

„Danke! Das sind gute Neuigkeiten.“

Ich ging langsam zu meinem Auto zurück, wobei ich darauf achtete, meinen verletzten Fuß nicht zu sehr zu belasten. Jetzt, da Grandma einen Käufer für ihr Haus hatte, konnte sie sicher schon viel früher zu mir ziehen, als wir ursprünglich gedacht hatten.

Ich fand, es war keine Schande zuzugeben, dass ich ein kleiner Angsthase war, der seine Großmutter in der Nähe brauchte, um nachts schlafen zu können. Zumindest bis Glendales neuester Mörder gefasst und hinter Gitter gebracht worden war. Vielleicht könnte ich sie heute sogar einladen, um ihren bevorstehenden Hausverkauf zu feiern und sie bitten, über Nacht zu bleiben.

Ich wusste, dass sie nicht widerstehen könnte, wenn sie erfuhr, was sich nebenan ereignet hatte.

11

Natürlich stimmte Großmutter zu, heute Nachmittag vorbeizukommen und sich *aus erster Hand* über den Stand unserer Ermittlungen informieren zu lassen – so ihre Worte. Vielleicht hätte ich stattdessen meine Mutter anrufen sollen, da die ja ohnehin schon mit der Sache zu tun hatte. Aber Großmutter war mir bei meinem letzten Fall eine große Hilfe gewesen, und ich mochte ihre weniger direkte Art, wenn es um die Befragung von Zeugen ging.

Hätte Mom nicht als Journalistin Karriere gemacht, hätte sie zweifelsohne auch eine fantastische Gefängniswärterin abgegeben. Grandma hingegen war Schauspielerin durch und durch. Obwohl ihre Zeit am Broadway schon fast fünfzig

Jahren zurücklag, zog sie immer noch gerne Kostüme an und schlüpfte direkt in jede neue Rolle, die wir ihr für unsere Ermittlungen zuteilten.

Und meine Rolle? Ich schätze, ich war der Kopf unserer kleinen Impro-Detektei. Wie auch immer, im Moment waren wir nur selbsternannte Schnüffler, die ein Händchen für entscheidende Hinweise und einen Haufen Ärger hatten. Natürlich, wenn es nach meiner Mutter ginge, würde ich mir bald ein Schild in den Vorgarten stellen und meine Dienste als Privatdetektivin offiziell anbieten.

Grandma war die Schauspielerin, der Freund-und-Helfer-Typ. Mom war die verbissene Reporterin, mehr der kühle Kripo-Typ, und ich war diejenige, die alles recherchierte und sich dann ohne Rücksicht auf Verluste mitten ins Geschehen stürzte.

Vielleicht war ich also doch nicht nur der Kopf unserer „Spezialeinheit".

Ich packte noch ein paar Kisten aus, während ich darüber sinnierte – die ganze Geschichte erschien mir wie der Plot für einen Kriminalroman oder eine Fernsehserie. So weit kommt's noch! Klar, Mom und Grandma hätten ihren Spaß. Die fänden das wahrscheinlich mega. Ich für meinen Teil wollte im Moment eigentlich nur meine Klamotten in meinem neuen Schrank untergebracht und alles wegsortiert bekommen.

Ich hatte mir das kleinste Schlafzimmer der ganzen Villa ausgesucht, nicht nur, weil mich die Idee reizte, in einem Turmzimmer zu wohnen, sondern auch, weil es sich heimeliger anfühlte. Trotz ihres Hangs zum Drama hatte Großmutter mich dazu erzogen, bescheiden zu sein und mein Glück stets im Hier und Jetzt zu suchen. An den Besitz einer ganzen Villa musste ich mich daher definitiv erst noch gewöhnen.

Ich stieß einen frustrierten Seufzer aus, als ich feststellte, dass weniger als die Hälfte meiner Garderobe in den winzigen Schrank im Turmzimmer passte. Meine Sachen bestanden zwar größtenteils aus Fundstücken, die ich in Secondhand-Shops entdeckt hatte, aber ich liebte jedes einzelne davon, und es fiel mir schwer, mich auch nur von einem davon zu trennen. Hochwertige Kleidung, wie es sie in den Achtzigern und Neunzigern gab, wurde einfach nicht mehr hergestellt. Ja gut, zugegeben, da war ich noch gar nicht auf der Welt, aber trotzdem hatte ich ein absolutes Faible für die kräftigen Farben und mutigen Muster von damals.

„Welche Maus ist dir denn über die Leber gelaufen?" Mit dieser Frage kroch Octocat unter meinem

Bett hervor. Ich hatte nicht einmal bemerkt, dass er sich da versteckt hielt.

„Du hast wirklich seltsame Sprüche drauf", entgegnete ich stirnrunzelnd, bevor ich mich wieder meinem akuten Problem zuwendete. „Meine Klamotten passen nicht alle in diesen Schrank."

„Also erstens, deine Sprüche sind auch nicht besser." Octocat holte tief Luft und verschwand im Schrank, um sich die Sache genauer anzuschauen. Als er wieder herauskam, meinte er: „Und zweitens verstehe ich wirklich nicht, warum ihr Menschen so viele Outfits braucht. Dir ist schon bewusst, dass wir sechs Schlafzimmer in diesem Haus haben, oder? Sechs! Das ist eines mehr als die Anzahl der Leben, die ich noch habe, was mir mehr als genug erscheint. Such dir einfach eines der anderen Zimmer aus und pack deine Sachen dort hinein."

Ich schüttelte den Kopf und fragte mich, wie er seine ersten zwei Leben wohl verloren hatte und was das überhaupt genau bedeutete. Soweit ich wusste, hatte ich nur ein Leben zur Verfügung – und nur eines zu verlieren. Deshalb konnte unsere Detektivarbeit, so spannend sie auch war, eben auch sehr gefährlich sein. Ich setzte alles aufs Spiel.

„Komm mal mit", raunte Octocat mir zu. „Ich

glaube, ich kenne den perfekten Raum dafür, wenn du mir folgen würdest."

Mit einem Stapel Kleiderbügel in der Hand folgte ich ihm die Wendeltreppe hinunter, und wir durchquerten den ersten Stock unseres neuen Zuhauses. Also, für mich war es ja zumindest neu. Mein Kater hingegen musste sich kaum einleben. Er hatte einfach nur sein altes Territorium sofort wieder voll in Beschlag genommen. Ich hatte ihn in meiner alten Wohnung noch nie so entspannt gesehen wie hier in dieser extravaganten Umgebung. Die Nobelkatze schien ihm wirklich im Blut zu liegen.

„Das hier", sagte er, als er vor einer geschlossenen Tür am Ende des Flurs stehenblieb. Dabei tippte er mit der Pfote auf den Lichtstreifen, der unter der Tür hindurchkam.

Ich öffnete sie und war so überrascht, dass mir der Stapel Kleiderbügel krachend aus der Hand fiel. Irgendwie hatte ich dieses Zimmer völlig vergessen. Sicher, ich hatte das Haus ein paar Mal besichtigt, bevor ich den Kaufvertrag unterschrieb, aber damals war ich noch so überwältigt von der ganzen Sache, dass ich mir nicht alles im Detail merken konnte.

Und, oh, dieses Zimmer war wirklich schön.

Vor allem, weil es eine große, breite Fensternische zum Sitzen hatte, wie sie mir schon drüben in

Harlow Manor aufgefallen war. Herrlich! Die gemütliche Fensterbank war an die zwei Meter lang, sodass ich dort sogar ein Nickerchen machen könnte. Schwere Verdunkelungsvorhänge flankierten sie auf beiden Seiten. Bestimmt waren sie geschlossen gewesen, als ich die ersten Male hier war, sonst wäre mir dieses wichtige Detail sicher aufgefallen.

Von der gewölbten Decke hing ein opulenter, antiker Kristallkronleuchter, der das Sonnenlicht einfing und winzige Regenbögen in den Raum warf. Die meisten Glühbirnen waren durchgebrannt, aber das tat seiner Wirkung keinen Abbruch. Der robuste, honigfarbene Hartholzboden war zwar zerkratzt, aber immer noch in Ordnung. Es würde nicht allzu viel Arbeit machen, ihn abzuschleifen und zu polieren, wenn ich das Geld und die Zeit hätte – oder vielleicht könnte das auch der sexy Handwerker für mich erledigen.

„Also, geht das als dein neuer Kleiderschrank?", wollte Octocat wissen und sprang auf den Sitzplatz am Fenster. Er warf einen kurzen Blick nach draußen, bevor er sich wieder zu mir umdrehte. „Der Raum ist recht klein, also dachte ich, er würde dir gefallen."

„Kleiderschrank?", japste ich. „Kommt gar nicht infrage! Das wird meine neue Bibliothek."

Tränen stiegen mir in die Augen und liefen über mein Gesicht und T-Shirt, aber das war mir sowas von egal. Sollte sich Octocat doch über mich lustig machen, so viel er wollte, aber ich hatte endlich etwas in diesem Haus gefunden, das mich über alle Maße begeisterte.

Ich fühlte mich wie im Märchen, doch war das verwunderlich, jetzt, wo ich wie Rapunzel in einem Turm schlief und sogar meine eigene persönliche Bibliothek haben würde wie Belle? Sicher, das Haus verwandelte sich nachts in ein Spukschloss, aber ... aber ...

Ich würde meine eigene Bibliothek haben!

Ein lautes Klopfen unten an der Haustür riss mich aus meinen Träumen. Ansonsten hätte ich womöglich noch stundenlang Pläne für mein neues Projekt geschmiedet und entsprechende Skizzen angefertigt.

„Haben wir denn keine Türklingel?", fragte ich Octocat, schloss seufzend die Tür hinter mir und ging die Treppe hinunter.

Er zuckte mit den Schultern und flitze voraus, um herauszufinden, wer da geklopft hatte.

So schön es auch gewesen wäre, mir das alles weiter auszumalen ... vielleicht war es ja Großmutter, und sie mochte es gar nicht, wenn man sie warten ließ.

„Hallo?", rief eine nasale, maskuline Stimme.

Es klopfte erneut, diesmal etwas nachdrücklicher.

Ich spähte durch die Buntglasscheiben, die die Eingangstür an beiden Seiten zierten, und sofort erkannte ich die Gestalt von Matt Harlow. Ich öffnete und postierte mich so, dass er nicht direkt eintreten konnte. Auch wenn ich ihm heute Morgen einen Besuch abstatten wollte, war ich immer noch unglaublich nervös in seiner Nähe – und das würde auch so bleiben, bis ich mir ganz sicher sein konnte, dass er nicht der Mörder war.

„Hi", grüßte er mich, eine Hand in der Hosentasche und mit der anderen freundlich winkend. War das echt derselbe Mann, den ich am Abend zuvor gebissen hatte? „Du bist vorhin bei mir vorbeigekommen?", fragte er, als würden wir uns schon ewig kennen.

Ich tastete nach meinem Handy, um mich zu vergewissern, dass ich es sicherheitshalber bei mir hatte, dann trat ich zurück und machte eine einladende Handbewegung. „Möchtest du einen Tee mit mir trinken?", fragte ich ihn. Schließlich waren wir jetzt Nachbarn und da war das doch so üblich, oder?

Octocat rannte durch die Eingangshalle und gab

schreckliche, ohrenbetäubende Geräusche von sich. „Zu früh! Zu früh!", schrie er.

„Ist mit deiner Katze alles in Ordnung?", fragte Matt und reckte den Hals, um Octocat besser sehen zu können.

Ich zuckte mit den Schultern. „Äh, ja, alles okay, das hat er schon mal. Tee?"

„Ja, gern." Ein echtes Lächeln huschte über Matts Gesicht, und zum ersten Mal fiel mir auf, dass er seiner verstorbenen Mutter ähnlichsah.

Ich führte ihn in den Salon, der für förmlichere Anlässe vorgesehen war, und deutete ihm an, sich auf die alte, mit dunklem Kirschholz verkleidete viktorianische Couch zu setzen. Im ganzen Haus gab es viele verschiedene Holzarten, und ich war mir nicht sicher, ob das das Ergebnis einer schlechten Planung oder eines jahrzehntealten Einrichtungsstils war, den ich nicht ganz verstand. Auf halbem Weg zur Küche drehte ich mich um und spürte, dass ich jetzt die perfekte Gelegenheit hatte, Matt ein paar sehr wichtige Fragen zu stellen.

„Du hast auch Katzen, oder?" Ich hoffte, es war nicht zu offensichtlich, dass mich die Sphynx-Katzen brennend interessierten. Vorausgesetzt, Matt war nicht der Mörder, könnte ich seine Hilfe gut gebrauchen.

Er verschränkte die Arme vor der Brust. Es wirkte etwas unbeholfen, wie er so dasaß. „Ich? Nein, aber meine Mutter hatte immer welche, seit ich denken kann."

„Was willst du denn jetzt mit den beiden machen?", fragte ich beiläufig.

Er zuckte mit den Schultern und versuchte, es sich auf dem extrem harten Sofa bequem zu machen. „Keine Ahnung", gab er zu. „Sie verstecken sich schon die ganze Zeit vor mir, seit ich angekommen bin. Ich dachte, ich könnte sie vielleicht mit nach Hause nehmen und sie meinen Kindern geben, dann wären sie das Problem meiner Ex-Frau und nicht mehr meines. Aber ich fürchte, die beiden könnten meinen Kindern Albträume bereiten, wie ich sie als Kind auch hatte."

„Albträume? Warum?", fragte ich, obwohl mir klar war, was er meinte. Aber ich wollte, dass er weitererzählte.

„Hast du jemals eine Katze ohne Fell gesehen?", fragte er mit einem Schaudern. „Die sehen furchtein-flößend aus, als läge ihr Gehirn frei."

Wir lachten beide. Diese Beschreibung traf es ziemlich genau. Trotzdem hatte ich angefangen, Jacques und Jillianne zu mögen, jetzt, wo ich die Gelegenheit gehabt hatte, ein wenig mit ihnen zu reden. Sicher, sie waren ein bisschen anders, aber trotzdem verdammt cool. „Du meintest, dass sie dir als Kind Albträume bereitet haben. Hattest du schon immer Angst vor Katzen?"

Er räusperte sich und hustete in seine Faust. „Ich habe keine Angst vor Katzen. Früher mochte ich sie, aber dann lernte Mom diesen französischen Züchter kennen, und seitdem wollte sie nur noch Sphynx-Katzen haben und wenn möglich, die Besten der Besten."

Wie es schien, hatte ich das Glück auf meiner Seite. Das war die perfekte Gelegenheit, mit der ich so gar nicht gerechnet hatte: „Wenn du möchtest, kann ich auf sie aufpassen, bis du dich entschieden hast, was mit ihnen passieren soll. Das wäre kein Problem, ich würde mich freuen", bot ich ihm mit einem einschmeichelnden Lächeln an.

In diesem Moment raste Octocat durch den Raum. „*Was?*", schrie er entsetzt und sprang neben Matt auf das Sofa. „Das kann nicht dein Ernst sein! Das werde ich auf keinen Fall zulassen."

„Ja, gern", sagte Matt und unterbrach die ihm unverständliche Tirade meiner Katze. „Das wäre klasse. Das heißt, wenn es dir wirklich nichts ausmacht."

„Oh, es macht mir überhaupt nichts aus", versicherte ich mit einem breiten Lächeln, während ich den Ausdruck des Entsetzens auf dem Gesicht meiner Katze genoss.

„Verräter", murmelte Octocat atemlos.

Matt streckte die Hand aus, um ihn zu streicheln, wurde aber kurzerhand von meinem sehr launischen Mitbewohner gekratzt. „Autsch", jammerte er. „Und das war auch noch meine gute Hand."

Octocat rannte laut fauchend hinaus, um sich zu verstecken, wobei er die übelsten Flüche von sich gab.

„Tut mir leid", sagte ich leicht verlegen. Hoffentlich würde er mir immer noch zutrauen, auf die Katzen seiner Mutter aufzupassen, nachdem er nun mitbekommen hatte, wie verrückt sich mein eigenes Katzenvieh benahm.

„Also, jetzt einen Tee?" Damit er nicht doch noch ablehnen konnte, huschte ich in die Küche. Gut, dass ich jetzt einen Moment für mich allein hatte, um mir meine Fragen zu überlegen. Wenn ich es richtig anstellte, würde ich vielleicht die fehlenden Puzzleteile finden, die ich brauchte, um Lou Harlows Mord ein für alle Mal aufzuklären.

12

ch brachte Matt eine Tasse einfachen Earl-Grey-Tee, ohne Milch und ohne Zucker – nicht wirklich gut, aber es musste reichen, da ich seit meinem Einzug gestern Nachmittag noch keine Zeit zum Einkaufen gehabt hatte. Es grenzte schon an ein Wunder, dass ich überhaupt diesen Tee dahatte.

„Danke", sagte er mit einem freundlichen Lächeln, nahm die warme Tasse entgegen und umfasste sie mit beiden Händen. „Hör mal, wegen gestern Abend, ich wollte mich entschuldigen für … Nun, ich bin sicher, du erinnerst dich."

„Schnee von gestern." Ich machte eine wegwerfende Handbewegung, auch wenn ich froh über seine Entschuldigung war. Ich musste ihn auf meiner Seite haben, wenn ich erfahren wollte, was er über den Mord an seiner Mutter wusste.

„Du bist einfach so gastfreundlich und bietest dann auch noch an, die Katzen zu nehmen. Ich habe echt ein schlechtes Gewissen, weil ich mich so verhalten habe. Es ist nur ...“ Er seufzte schwer und drehte die Tasse in seinen Händen hin und her, und da fiel mir erst auf, welche es war. Darauf stand nämlich in kunstvollen Lettern: *Crazy Cat Lady*. Großmutter hatte sie mir vor ein paar Monaten geschenkt, nachdem ich Octocat offiziell adoptiert hatte, und sie war schnell zu meinem Lieblingskaffeebecher geworden. Ich verrückte Katzenlady.

Matt seufzte und starrte zu Boden. „Es ist wohl nicht gerade männlich, das zuzugeben, aber ich hatte schreckliche Angst.“

„Das ist doch verständlich“, versicherte ich ihm. „Immerhin hat gerade jemand deine Mutter umgebracht.“

„Genau!“ Matt trank einen kleinen Schluck von dem Tee und stellte die Tasse dann auf dem abgenutzten Couchtisch ab. Das alte Möbelstück musste schon einiges erlebt haben, also war es mir auch egal, dass ich gerade keine Untersetzer hatte. Das war auch kein Problem, über das ich mir jetzt Gedanken machen musste. „Ich wohne im Moment auch in ihrem Haus. Klar, es ist mein Elternhaus, in dem ich aufgewachsen bin, aber es ist mir einfach unheimlich."

„Ich weiß genau, was du meinst." Mit gruseligen Häusern hatte ich ja nun auch schon meine Erfahrungen gemacht, und so streckte ich meinen Arm zu ihm rüber für ein sportliches Faust-an-Faust. Er verstand jedoch nicht, was ich meinte, also gaben wir uns stattdessen die Hand.

„Du bist also hier in der Gegend aufgewachsen?", fragte ich und nahm einen Schluck aus meiner Tasse. Tee ohne mindestens zwei Löffel Zucker war mir ein Graus, also hatte ich meine heimlich einfach nur heißes Wasser gefüllt, um ein Tässchen mit ihm trinken zu können. So wirkte unser Gespräch eher wie ein Plausch unter Nachbarn. Er sollte nicht den Eindruck bekommen, ich wolle ihn verhören.

„Nicht hier in der Gegend." Er hielt inne und schüttelte den Kopf. „*Hier.* Gleich nebenan."

„Darf ich fragen, warum du weggegangen bist?" Bis jetzt war ich sehr zufrieden mit dem Verlauf unserer Unterhaltung. Matt erzählte mir bereitwillig aus seinem Leben, ohne auch nur das geringste Zögern. Was würde er mir noch alles verraten, bevor die Tasse leer war?

„Liebe.“ Er schnaubte und verdrehte die Augen. „Die hat mich ganz schön aus der Bahn geworfen.“

Ich zuckte mitfühlend zusammen, denn ich wusste ja, dass er frisch geschieden war. Obwohl ich bisher noch keine große Liebe erlebt hatte, tat er mir leid. Alles musste noch sehr ungewohnt für ihn sein, und jetzt hatte er obendrein noch seine Mutter verloren. „Also, warum kommst du nicht zurück? Ich nehme an, deine Mutter hat dir das Haus hinterlassen.“

„Das hat sie, aber ich weiß nicht.“ Er trommelte mit den Fingern auf den Rand seiner Tasse und runzelte die Stirn. „Es wäre nicht einfach, hier zu leben, ohne ständig an sie zu denken.“

„War sie eine gute Mutter?“, fragte ich ihn beiläufig und nippte an meinem heißen Wasser.

Matt schien nicht das Gefühl zu haben, von mir ausgequetscht zu werden, trotz all meiner Fragen. Vielmehr schien er froh zu sein, mit jemandem darüber reden zu können oder zumindest jemanden zum Reden zu haben. Armer Kerl.

„Sie war die Beste“, versicherte er mir mit einem nostalgischen Seufzer. „Alles, was man über sie in den Zeitungen lesen kann, ist übrigens wahr. Sie hatte wirklich das gütigste Herz, das man sich vorstellen kann. Schon bevor sie gewählt wurde, war sie immer irgendwo ehrenamtlich tätig. Tatsächlich haben wir mehr Weihnachten damit verbracht, bei der Tafel warme Mahlzeiten zu verteilen, als zu Hause Geschenke auszupacken."

„Das ist echt bewundernswert. Ich bin sicher, viele Leute werden sie sehr vermissen. Ich auf jeden Fall." Ich wusste natürlich schon, dass sie so engagiert war, aber es direkt von ihrem Sohn zu hören, berührte mich noch viel mehr und machte mich noch wütender, dass jemand dem Leben dieser Frau ein jähes, gewaltsames Ende gesetzt hatte.

Matts Augen leuchteten auf. „Kanntest du sie gut?"

Ich lächelte. „Nun, ich habe sie immer gewählt, und bei ihr war ich mir immer sicher, dass sie hinter den Dingen stand, die sie sagte. Das fand ich sehr erfrischend."

Er nahm einen langsamen Schluck aus seiner Tasse. „Ich verstehe einfach nicht, warum ihr jemand das angetan hat", sagte er kopfschüttelnd. „Es ergibt einfach keinen Sinn."

„Vielleicht war es doch ein Unfall", erwiderte ich, obwohl ich es selbst nicht glaubte.

„Vielleicht", räumte er ein.

Für einen kurzen Moment saßen wir schweigend da. Er ging nicht weiter darauf ein, aber ich merkte, dass er noch nicht gehen wollte, also stellte ich ihm eine weitere Frage.

„Als ich heute Morgen bei dir vorbeikam, warst du bei der Testamentseröffnung. Ist alles gut gelaufen?" Ich dachte zurück an die erste und einzige Testamentseröffnung, an der ich je teilgenommen hatte. Es war dieselbe, bei der ich durch den Stromschlag einer alten Kaffeemaschine fast gestorben wäre, bei der ich meine Tierflüsterer-Fähigkeiten entdeckte und bei der ich Octocat zum ersten Mal traf. Meiner Erfahrung nach konnten Testamentseröffnungen also eine echte Herausforderung darstellen.

„Es war in Ordnung", antwortete Matt gedankenverloren. „Keine wirklichen Überraschungen. Ich habe das Haus geerbt. Meine Kinder die beiden Sparkonten, die sie ohnehin bekommen sollten, wenn sie achtzehn sind. Der Rest geht größtenteils an einen Stipendienfond, von dem meine Mutter schon seit Jahren immer wieder sprach, aber sie hatte es nie geschafft, ihn zu verwirklichen."

„Ein Stipendium? Das ist ja toll", sagte ich nickend. „Für Politikstudenten?"

„Ganz und gar nicht", antwortete er spöttisch. „Mom hat Politiker immer gehasst. Sogar noch mehr, nachdem sie selbst einer geworden war. Sie sagte immer, es seien zwar kluge Leute, deren gute Absichten aber meist auf der Strecke blieben. Bei ihr war das zum Glück nie so. Gott hab sie selig."

„Darf ich fragen, wofür das Stipendium dann ist?" Hoffentlich war es nicht zu unsensibel, das zu fragen, nachdem er sich so liebevoll über seine Mutter geäußert hatte. „Ich, also, ich denke darüber nach, noch mal zu studieren, also vielleicht könnte ich mich dafür bewerben." Im Moment spielte ich zwar nicht wirklich mit dem Gedanken, erneut die Schulbank zu drücken, aber ich kannte mich ja – vom Lernen konnte ich nie genug kriegen, also war es wohl nur eine Frage der Zeit.

Matt schaute sich in meiner protzigen Hütte um, und was er dachte, war offensichtlich – warum solltest *du* ein Stipendium brauchen? Er sprach es jedoch nicht aus. Auch wenn ich ihn bei unserem ersten Aufeinandertreffen alles andere als nett erlebt hatte, merkte ich dennoch, dass er ein guter Kerl war, und genau so hatte ihn seine Mutter erzogen. „Biologie. Oder, genauer gesagt, Meeresbiologie", antwortete er. Damit hatte ich nun gar nicht gerechnet.

Ich musste verwirrt dreingeschaut haben, denn er erklärte sogleich: „Ich weiß, es scheint nicht so recht zu einer Senatorin zu passen, nicht wahr? Aber damals in den Siebzigern, als sie mich gerade bekommen hatte, wollte mein Vater, dass sie zu Hause bleibt, um mich großzuziehen. Ich schätze, das gefiel ihr nicht, und sie ließ sich schließlich von ihm scheiden. Aber bis es so weit kam, engagierte sie sich in der damals neuen Bewegung zur Rettung der Wale – *Save the Whales*. Das gab ihr den ersten Vorgeschmack auf politischen Aktivismus, und es muss sie sehr gefesselt haben."

Er hielt inne und trank einen weiteren Schluck Earl Grey, bevor er fortfuhr. „Das ist auch der Grund, warum sie all die Jahre allein in dem großen Haus geblieben ist. Sie wollte das Meer und alles, was es für sie bedeutete, nicht verlassen. Ich schätze, ich komme selbst ein bisschen nach ihr, denn ich habe mir in Chicago ein Haus mit Blick auf den Lake Michigan gekauft. Selbst jetzt kann ich mir nicht vorstellen, aus meinem Fenster zu schauen und etwas anderes als Wasser zu sehen."

„Sie wollte also mit ihrem Stipendienfond weiterhin Wale retten", fasste ich mit einem verträumten Lächeln zusammen. „Das finde ich total schön."

Es klopfte erneut an der Haustür, dieses Mal schnell und leicht.

„Ich komme!", rief ich, sprang auf und quietschte

vor Freude, als ich Grandma durch die Glasfenster sah.

„Okay, ich bin da", sagte sie und trat ein. Sie trug knallgrüne Galoschen und Leggings mit einem Regenbogenmuster, dazu ein altes, verwaschenes T-Shirt, dessen ursprüngliche Farbe kaum noch erkennbar war. „Und jetzt erzähl mir alles über diese rätselhaften Katzen."

Ich drehte mich zu Matt um und zog eine Grimasse. „Es geht um dieses Buch, das wir beide lesen", erklärte ich schnell. Bücher waren wirklich eine prima Ausrede, denn nur wenige Leute interessierten sich so sehr dafür, dass sie sich weiter danach erkundigten. Das war zwar traurig, aber trotzdem praktisch. „Wie dem auch sei, das ist meine Großmutter. Grandma, das ist Matt Harlow. Die Senatorin war seine Mutter."

„Ach, das tut mir so leid, Sie Ärmster." Großmutter setzte sich eilig neben ihn und drückte ihren Handrücken gegen seine Stirn. „Wie geht es Ihnen?"

„Gut", antwortete Matt, obwohl es eher wie eine Frage klang.

„Ich habe jedes Mal für Ihre liebe Mutter gestimmt", verkündete Großmutter stolz. „Es gab keine Bessere als sie."

Matt hielt seine Tasse hoch: „Darauf trinke ich."

Ich ließ mich wieder im Ohrensessel ihnen gegenüber nieder. „Matt hat mir eben ein bisschen über seine Mutter erzählt. Außerdem habe ich ihm angeboten, auf die Katzen der Senatorin aufzupassen, während er den Nachlass regelt."

„Man kann nie zu viele Meinungen oder zu viele Katzen haben", meinte Großmutter. Dabei nickte sie und kicherte leise. Ich konnte weder dem einen noch dem anderen zustimmen, sagte aber nichts dazu.

Matt trank noch einen letzten Schluck Tee, dann stellte er die leere Tasse zurück auf den Couchtisch. „Ich muss los", sagte er und stand auf. „Nochmals vielen Dank für die freundliche Einladung und die netten Worte über meine Mutter."

Grandma stand ebenfalls auf und umarmte ihn herzlich. Sie sah winzig aus neben seiner großen, bärenartigen Gestalt, doch ich sah ihm an, dass er die Geste zu schätzen wusste.

Nachdem sie ihn losgelassen hatte, stand ich auf und folgte Matt zur Tür, wo wir stehenblieben. „Sag mir Bescheid, wenn ich wegen der Katzen vorbeikommen soll", erinnerte ich ihn.

„Oh, richtig." Es klang als hätte er es bereits vergessen – oder er tat nur so. Octocats kleiner Wutanfall von vorhin war sicher kein überzeugender

Auftritt. „Bist du sicher, dass es dir nicht zu viele Umstände macht?"

„Ich bin sicher", erwiderte ich, vielleicht etwas zu hastig. In Wahrheit brauchte ich diese Katzen dringend als Zeugen. Sie waren der Schlüssel, um den Mord aufzuklären, und ich wollte unbedingt wissen, was sie zu sagen hatten. „Vielleicht sollte ich jetzt einfach mit dir mitkommen und sie abholen? Dann hätten die beiden noch etwas Zeit, um sich vor Einbruch der Dunkelheit bei mir einzugewöhnen."

Und er hätte keine Zeit mehr, um seine Meinung zu ändern. Das durfte nicht passieren. Jetzt, wo ich Großmutter hier hatte, konnte sie mir helfen und Octocat bei Laune halten, sonst würde er womöglich nicht bereit sein, uns zu unterstützen. Obwohl ich angeblich sein bester Freund war, zog er ihre Gesellschaft eindeutig der meinen vor. Toll. Ich versuchte trotzdem, mir davon nicht die Stimmung verderben zu lassen.

Matt zog die Brauen hoch und schaute mich prüfend an: „Bist du sicher, dass du dir sicher bist?"

„Je mehr, desto besser!", funkte uns Großmutter dazwischen, legte jedem von uns einen Arm um die Hüften und zog uns näher zu sich heran. „Jetzt lasst uns unsere Gäste holen."

Matt sagte nichts mehr, als wir drei auf die

Veranda hinausgingen. Ich schaute mich um, sah aber keine weiteren Fahrzeuge, außer Grandmas aufgemotztem Sportcoupé. Er musste also zu Fuß durch den Wald gekommen sein, um mich zu besuchen.

Und obwohl er bei unserem Nachmittagstee ein sehr angenehmer Gesprächspartner gewesen war, gefiel mir diese Vorstellung nicht. Wenn es ihm nach unserer unsanften Begegnung letzte Nacht nichts ausmachte, durch den Wald zu trappen, würde er das auch wieder bei Dunkelheit tun?

Vielleicht sollte ich mich doch nicht zu sehr in Sicherheit wiegen.

13

n Harlow Manor angekommen, verschwand Matt, um einen Anruf zu tätigen und überließ es Grandma und mir, die beiden Sphynx-Katzen einzufangen. Trotz unserer Bemühungen brauchten wir fast eine Stunde, um Jacques und Jillianne zu finden, ins Auto zu laden und sie dann zu mir nach Hause zu bringen. Offenbar waren sie nicht nur gut darin, in Rätseln zu sprechen, sondern auch im Verstecken. Um nicht zu riskieren, dass sie sich wieder davonschlichen, trugen Großmutter und ich sie direkt nach oben in den Raum, den ich als meine zukünftige Bibliothek auserkoren hatte, und schlossen die Tür fest zu, bevor wir sie aus ihren Transportboxen ließen.

Ich hatte auch Octocat mit dazu geholt, wofür ich

sogleich ein paar frische Kratzer kassierte, mit denen er mir demonstrieren wollte, wie *wenig* begeistert er über die ganze Sache war.

„Ich erhebe Einspruch!", rief er und warf sich unter Protest gegen die geschlossene Tür.

„Oh, sei still, oder ich gebe dir etwas, gegen das du wirklich Einspruch erheben kannst." Ich hatte keine Ahnung, was das sein könnte, aber zum Glück funktionierte meine leere Drohung.

„Komm her, mein süßes Kätzchen!", gurrte Großmutter und tippte mit den Fingern auf den Holzboden, wo wir beide im Schneidersitz saßen.

Octocat hasste es, *Kätzchen* genannt zu werden, aber er liebte Grandma, also trottete er hinüber und kletterte auf ihren Schoß. Sie begann gleich, ihn zu betüdeln und jene spezielle Stelle direkt unter seinem Kinn zu kraulen. Ich konnte ihm ansehen, wie seine Wut dahinschmolz. Gott sei Dank.

Er schielte zu mir herüber und meinte dann mit verdrossener Miene: „Hoffentlich sind wir hier schnell fertig." Zum Glück war ich an seine Theatralik und seine enttäuschten Blicke gewöhnt. Ich würde mir jetzt auf keinen Fall von ihm meine Pläne durchkreuzen lassen.

Die beiden Sphynx-Katzen hatten sich in die hinterste Ecke des Raums zurückgezogen und saßen schlotternd nahe dem Auslass der zentralen Klimaanlage. Sie sahen so unglücklich aus, dass ich schon fast ein schlechtes Gewissen hatte, sie hier einzusperren. Aber wir brauchten entscheidende Informationen von ihnen, und schließlich hatten sie sich freiwillig direkt unter den kalten Luftstrom gesetzt.

Der Kleine gab ein krächzendes Miauen von sich, und Octocat seufzte. Natürlich würde ich mein Bestes geben, damit wir das hier möglichst schnell und schmerzlos hinter uns bringen könnten. Zumindest unseren beiden Gästen war ich das schuldig.

„Lass uns loslegen", meinte Großmutter. Ihre Augen funkelten. „Ich kann es kaum erwarten, ein paar Rätsel zu lösen." Ich hatte ihr heute Morgen am Telefon schon alles Wichtige erzählt und sie damit wohl ziemlich angefixt. Sie war eindeutig im Action-Modus.

„Okay." Ich richtete meinen Blick auf Octocat, der bewusst wegschaute. „Octocat", sagte ich erneut, um seine Aufmerksamkeit zu bekommen. „Wenn du willst, dass es schnell geht, dann pass jetzt bitte auf."

Er drehte sich mit angelegten Ohren und eingezogenem Schwanz zu mir um. „Gut. Was soll ich die beiden nackten Wunderkatzen fragen?"

„Frag sie, wer ihre Besitzerin getötet hat", forderte

ich ihn auf und klang dabei wie ein ungeduldiger Teenager. Das hatte ich immer noch sehr gut drauf.

Grandma kicherte vergnügt, und Octocat blieb auf ihrem Schoß sitzen, während er sich an die Sphynx-Katzen wandte.

Sie blieben wie festgeklebt in ihrer dunklen Ecke hocken. Der Dialog der Vierbeiner dauerte viel länger als damals mit dem Terrier, der auch ein Zeuge gewesen war. Ich begann, mich ein wenig zu langweilen, als die Minuten ohne weitere Antworten verstrichen.

Plötzlich starrte mich Octocat entsetzt und mit weit aufgerissenen Augen an, und seine Schnurrhaare zuckten: „Ich wusste es!", rief er. „Du dachtest, ich sei rassistisch oder was auch immer, aber mein erster Instinkt war absolut richtig."

„Was meinst du?" Meine Beine waren eingeschlafen und ich versuchte, sie wieder wach zu rubbeln.

Großmutter betrachtete ihn mit Bewunderung, als er verkündete: „*Sie* haben die Senatorin getötet."

„Ach, komm schon!", rief ich. *Das* konnte jetzt nicht sein Ernst sein.

Er blieb ungerührt und beharrte auf ihrer Schuld. „Nein, wirklich. Sie haben es gerade zugegeben."

„Ja? Dann sag mir, was sie gesagt haben", verlangte ich und wünschte, ich wäre nicht auf ihn als Dolmetscher angewiesen, denn er war eindeutig voreingenommen.

„Es wäre deutlich einfacher, wenn du mich beim Wort nehmen würdest, weißt du? Aber gut." Er seufzte und zitierte ihr letztes Rätsel: *„Verzeiht uns, wenn wir euch dies gestehen, denn die Schuld liegt bei denen, die ihr hier könnt sehen."*

Er hatte natürlich recht. Die Antwort war offensichtlich, aber ...

„Das ist noch nicht mal ein echtes Rätsel", sagte ich beinahe enttäuscht. „Es ist einfach nur ein Reim."

„Sag mal, geht's noch? Sie haben dir gerade ein Geständnis abgeliefert, und ein ziemlich direktes für ihre Verhältnisse. Was willst du denn noch?"

„Frag sie noch einmal auf eine andere Art und Weise", forderte ich ihn auf. Dann flüsterte ich Großmutter zu, was er gesagt hatte, während Octocat sich weiter mit den Sphynx-Katzen unterhielt.

Wieder vergingen einige Minuten, bevor mein Kater sich erneut zu mir umdrehte: „Nun, Angela. Sie sagten: *Du hast uns beim ersten Mal nicht geglaubt, aber du weißt bereits, wer ihr das Leben geraubt."*

Octocat peitschte mit seinem Schwanz gegen

Großmutters Bein, und sie hörte abrupt auf, ihn zu streicheln. „Reicht dir das jetzt?", blaffte er mich mit aufgerissenen Augen an.

„Nicht ganz", erwiderte ich, was ihn noch mürrischer dreinschauen ließ. „Sie haben gesagt, ich wüsste es schon, aber ich habe eine ganze Liste von Verdächtigen. Es könnte Mr. Thompson sein oder Matt oder sogar Officer Bouchard."

„Oder es könnten diese beiden Freaks sein, die buchstäblich gerade einen Mord gestanden haben", geiferte er und warf ihnen einen kalten Blick zu, gefolgt von einem zischenden Fauchen.

„Was denkst du, Grandma?" fragte ich sie, nachdem ich ihr auch die letzte Äußerung der Sphinx-Katzen mitgeteilt hatte.

„Puh", stöhnte sie und massierte sich die Schläfen. „Ich war noch nie eine Rätseltante. Ihr könntet beide recht haben, das ist nicht eindeutig."

Ich kaute auf meiner Unterlippe, während ich überlegte, was ich als Nächstes tun sollte. „Okay, wie wäre es damit?", sagte ich und wartete darauf, dass Octocat mir wieder seine Aufmerksamkeit schenkte. „Frag sie, wie sie sie getötet haben. Nicht, wie sie gestorben ist, sondern wie *sie* die Senatorin getötet haben."

„Das wissen wir doch schon", antwortete er in einem Tonfall, der nicht herablassender hätte sein können.

Ich erhob warnend meine Faust und knurrte ihn an, was ausreichte, um ihn zur weiteren Kooperation zu bewegen.

Die nächste Botschaft überbrachte er mir klar und deutlich, ohne weiteren Kommentar: *„Dort, wo es rauf- und runtergeht, das Rätsel vor der Lösung steht."*

„Treppe!" Das klang für mich einleuchtend. „Okay, das war also das *Wo*. Aber ich musste noch wissen, *wie es passiert war.*"

Er schlug mit einer Pfote in meine Richtung. „Du bist unerträglich. Weißt du das?"

Sein Geduldsfaden war drauf und dran zu reißen, das merkte ich – meiner aber auch. Und wir waren noch nicht fertig. „Oh, meine Güte, bitte frag sie doch einfach!", platzte es aus mir heraus. Ich hatte fälschlicherweise angenommen, dass er sich kooperativer zeigen würde, da ihm die Senatorin auch etwas bedeutet hatte. Andererseits war er sich die ganze Zeit über sicher gewesen, den Fall längst im Alleingang gelöst zu haben. Wer brauchte schon Fakten und Zeugenaussagen, wenn man ein Ego wie ein König hatte?

Octocat stöhnte und meinte dann vorwurfsvoll: „Du schuldest mir was. Du schuldest mir einen Gefallen. Aber *sowas von*.“

„Was hätte der Herr denn diesmal gerne? Noch eine größere Villa vielleicht?“, schoss ich zurück. Ich konnte mich doch nicht von meiner Katze derart unterbuttern lassen ... nicht schon wieder.

Er verdrehte genervt die Augen, gab aber trotzdem das nächste Rätsel der beiden preis. „*Mit festem Tritt und leichtem Herz, so fiel sie in den letzten Schmerz.*“

„Jetzt habe ich das Gefühl, dass sie meiner Frage nur ausweichen wollen. Das wird ewig dauern“, jammerte ich und setzte mich wieder auf den unbequemen Boden. Ich konnte es kaum erwarten, diesen Raum mit gemütlichen Möbeln und wandfüllenden Bücherregalen einzurichten. Ich hätte mich für unser Interview lieber auf die Fensterbank gesetzt, wenn Großmutter sich nicht zuvor für den Boden entschieden hätte. Da ich mehr als fünfundvierzig Jahre jünger war als sie, hätte das eigentlich kein Problem sein dürfen.

Sie lehnte sich zu mir rüber und legte ihre Hand auf mein Knie. „Schatz, wenn du deinem Kater vertraust, dann überlass ihm doch einfach das Reden. Das dürfte für alle Beteiligten einfacher sein.“

Wenn ich ihm vertraute. Das war ein großes *Wenn*. Super.

Octocat hatte sich ja schon klar festgelegt, bevor er auch nur ein einziges Detail über Harlows Tod erfahren hatte. Dennoch konnte ich nicht leugnen, dass die Sphynx-Katzen das Verbrechen auf ihre eigene Art und Weise zu gestehen schienen.

„Du hast recht", sagte ich zu Großmutter mit einem kleinen Lächeln, und dann an Octocat gewandt: „Du brauchst nichts mehr für mich zu übersetzen. Sprich einfach mit ihnen und erzähl's mir nachher."

Er beäugte mich missmutig, dann hüpfte er aus Grandmas Schoß und gesellte sich zu unseren beiden haarlosen Zeugen in der Ecke. Nach einigen Minuten regen Miauens trottete er zurück und nahm wieder seinen Platz auf Grandmas Schoß ein.

„Sie haben es getan. Sie haben sie getötet, indem sie ihr auf der Treppe zwischen die Füße liefen und sie dadurch zu Fall brachten. Es tut ihnen leid und sie sagen, dass sie sich deswegen sehr schlecht fühlen. Auch wenn ich sie verachte, scheint es nicht so, als hätten sie es mit Absicht getan, aber wer weiß?"

„Danke", murmelte ich. Es war schon gut zu hören, dass er einräumte, sich in einem Punkt vielleicht geirrt zu haben. Zuvor war er sich sicher gewesen, dass sie ihre eigene Besitzerin kaltblütig ermordet hatten. Jetzt sagte er, dass sie es womöglich aus Versehen getan hätten. War diese ganze Detektivarbeit also wirklich umsonst gewesen? Lag ich so falsch mit meinem Bauchgefühl? Ich müsste doch eigentlich mit jedem Fall besser werden, nicht schlechter.

In diesem Moment brummte das Telefon in meiner Tasche. Ich fischte es heraus und las eine Textnachricht von meiner Mutter:

Die Polizei hält Hs Tod für einen Unfall. Ich komme vorbei.

Nun, soviel dazu.

Ich reichte das Telefon an Großmutter weiter, damit auch sie die Nachricht lesen konnte.

„Das glaubst du doch nicht wirklich, Liebes", meinte sie und setzte Octocat auf den Boden, um dann in einer geschmeidigen, flüssigen Bewegung aufzustehen.

Ich erhob mich ebenfalls, allerdings weit weniger graziös. „Ich weiß nicht mehr, was ich glauben soll", gab ich zu. Die letzten paar Tage waren in einem schwindelerregenden Tempo vergangen – der Umzug, unsere Ermittlungen und alles. Mein Kopf und mein Körper fühlten sich erschöpft an. War es möglich, dass ich Hinweise sah, wo gar keine waren?

Doch ein Blick hinüber zu Großmutter reichte mir, um zu wissen, dass sie die Sache noch nicht aufgegeben hatte.

Grund genug, um weiterzumachen.

14

Meine Mutter traf nach etwa zehn Minuten ein. Das war das Schöne an Kleinstädten wie Glendale – es dauerte nie lange, bis man sein Ziel erreicht hatte. Ich wohnte zwar jetzt auf der protzigen Ostseite der Stadt und damit etwas abseits vom trubeligen Zentrum, aber trotzdem lag alles noch sehr nah und meistens gab es nur wenig Verkehr.

Grandma tänzelte durch die Eingangshalle, um sie hereinzulassen, worüber Mom nicht erfreut zu sein schien.

„Angie?", rief sie und stürmte ins Wohnzimmer, wo sie mich mit meinem Smartphone sitzen sah. „Was macht sie denn hier?", fragte sie nicht gerade höflich.

Typisch meine Mutter. Sie und Grandma kamen auch am besten in homöopathischen Dosen miteinander klar. Mom war von der Persönlichkeit her ganz anders als Grandma und ich. In meiner Familie schien es von Generation zu Generation einen Umschwung zu geben. Sollte ich also jemals eine eigene Tochter haben, würde die dann wahrscheinlich auch extrem überschäumend und ehrgeizig werden. Grandma und ich hatten das Spinner-Gen gemein, und darüber war ich sehr froh.

„Wir haben über den Tod der Senatorin gesprochen", antwortete ich und hasste es, wie meine Mutter verdrossen den Mund verzog.

„Ich dachte, wir arbeiten zusammen an dem Fall?", fragte sie und wirkte dabei, anders als sonst, leicht verunsichert. Sie blickte zurück zur Tür, als ob sie darüber nachdachte, ob sie sich besser aus dem Staub machen sollte.

„Das tun wir auch", versicherte ich ihr sanft, da es mir leidtat, schon wieder auf ihren Gefühlen herumgetrampelt zu haben. „Wir arbeiten zusammen, aber ..."

Grandma drängte sich an Mom vorbei und ließ sich auf die Couch plumpsen. „Ach, jetzt komm mal wieder runter, Laura Jean. Wir sitzen doch alle im selben Boot, richtig?" Sie klopfte auf den freien Platz neben sich und signalisierte meiner Mutter, sich zu uns zu setzen.

„Richtig", erwiderte ich und umarmte sie kurz, damit sie sich wieder entspannte. „Außerdem ist Grandma noch gar nicht lange hier. Stimmt's?"

„Stimmt", antwortete diese mit einem Zwinkern, das sicher auch für meine Mutter kaum zu übersehen war. *Seufz.*

„Nun", sagte Mom, wobei sie den Kopf schüttelte und zur Seite neigte – ein nervöser Tick, den sie sich wohl angeeignet hatte, als ich noch im Kindergartenalter war, zumindest wurde es mir so berichtet. „Wenn ich noch zum Team gehöre, habe ich ein paar Neuigkeiten für euch."

Sie griff in ihre Handtasche und zog einen Notizblock heraus. „Zunächst einmal wurde der Tod als Unfall eingestuft. Sie glauben, dass Lou Harlow bei einer Wohltätigkeitsveranstaltung zu viel getrunken haben könnte und dann gestolpert und die Treppe hinuntergefallen ist."

Über ihre Katzen gestolpert, dachte ich, sagte aber nichts. Ich war immer noch nicht so weit, dass ich im Beisein meiner Mutter mit Octocat hätte sprechen können, und ich wollte keine solche Situation provozieren. Am Ende würde es ihre Gefühle noch mehr verletzen, wenn ich ablehnte, das in ihrer Gegenwart zu tun.

„Ihr nächster Angehöriger, ihr Sohn, kam gestern Abend an", fuhr Mom fort. „Matthew Harlow, ein geschiedener Geschäftsmann aus Chicago."

Ich nickte stumm.

„Das Kommissariat hat eine Polizeieinheit beauftragt, das Anwesen zu bewachen, wenn er nicht zu Hause ist."

„Eine Polizeieinheit. Warum?" Ich erinnerte mich, dass ich gestern Nachmittag Officer Bouchard dort gesehen und ein mulmiges Gefühl dabei gehabt hatte. Als ich heute Morgen dort vorbeischaute, war allerdings niemand da gewesen. Also außer Brock, dem Handwerker.

Sie setzte ihren Notizblock ab und sah mich eindringlich an. „Weil die Senatorin so eine prominente Persönlichkeit hier in der Gegend war, dass man befürchtet, es könnten Leute vorbeikommen und sich Zutritt verschaffen, um sich Andenken mitzunehmen. Und obendrein ist ihr Haus eines der schönsten in ganz Glendale."

Die Augen meiner Mutter wurden noch größer und ich konnte nahezu hören, was sie jetzt dachte: *Ebenso wie deines.*

„Also, was jetzt?", fragte ich und spürte wieder das vertraute Gefühl der Enttäuschung in mir hochsteigen. Ich hätte froh sein sollen, dass der Todesfall aufgeklärt war, aber irgendwie fühlte es sich trotzdem nicht richtig an. „Ist die Akte geschlossen?"

„*Ha!*", entfuhr es meiner Mutter. „Wohl kaum! Sollen sie es doch einen Unfall nennen, aber ich bin mir sicher, dass hier etwas faul ist."

Ich grinste und gab ihr ein High Five. Ich war so froh, dass wir uns zumindest in diesem entscheidenden Punkt einig waren.

„Und wenn die Bullen ihre Pflicht nicht tun, ist es die Aufgabe der Reporterin, die Wahrheit ans Licht zu bringen. Stimmt's, Liebes?", sagte Großmutter mit einem beschwichtigenden Lächeln.

„Stimmt genau", antwortete meine Mutter, auch wenn ich meinte, dabei einen leisen Zweifel herauszuhören.

„Das finde ich auch", pflichtete ich ihr bei, schnappte mir mein Telefon und reichte es ihr. „Das sind meine Notizen. Allerdings muss ich noch ein paar Dinge hinzufügen, nachdem ich heute Nachmittag mit Matt gesprochen habe."

„Du hast Matt getroffen? Ohne mich?" Mom schüttelte den Kopf und starrte weiter auf mein

Handy, aber ich konnte sehen, dass sie das jetzt wirklich verletzte.

„Es tut mir leid, Mom." Und das meinte ich auch so. Ich musste mir mehr Mühe mit ihr geben, jetzt, wo wir beide mehr Zeit miteinander verbrachten und ein gemeinsames Interesse hatten. „Es war nicht wirklich geplant."

„Sie ist ihm gestern Abend im Wald begegnet", sagte Grandma, beugte sich vor und schlug die Hände zusammen.

„*Grandma!*", rief ich entrüstet. „Wärst du so lieb, uns nicht immer dazwischenzufunken?"

Ich erzählte meiner Mutter alles, was sie in den letzten anderthalb Tagen verpasst hatte. „Tut mir leid, dass ich nicht früher angerufen habe. Es ging hier einfach Schlag auf Schlag", erklärte ich abschließend.

„Danke, dass du mich in Kenntnis gesetzt hast", meinte sie mit süffisanter Miene. „Aber ich sollte jetzt wohl gehen. Tschüss, Mom", sagte sie zu Großmutter, die auf der Couch sitzen blieb, während ich meine Mutter zur Tür begleitete und mich verabschiedete.

„Warum tust du das?", fragte ich Großmutter, als ich zurückkam. „Du weißt, dass es sie nervt."

„Deshalb tue ich es ja", antwortete sie mit einem Kichern.

Ich stemmte beide Hände in die Hüften und starrte sie an.

„Was denn? Sie macht das Gleiche mit dir!", entgegnete Großmutter, und damit hatte sie nicht unrecht.

„Vielleicht sollten wir alle ein bisschen mehr daran arbeiten, miteinander auszukommen." Ich ließ mich seufzend in meinen Stuhl zurückfallen. „Ich meine, wir sind doch schließlich alle erwachsene Leute."

„Wie du meinst."

„Super." Nun, da ich Großmutter ordentlich zur Räson gebracht hatte, konnte sie mir meine nächste Bitte sicher nicht abschlagen: „Also, könntest du bitte über Nacht bleiben?"

Ein schelmischer Ausdruck huschte über ihr Gesicht, als sie lachte und fragte: „Um dich vor den Monstern unter deinem Bett zu beschützen?"

Ich warf ihr nur einen ernsten Blick zu, denn auf diese Spielchen hatte ich gerade keine Lust. „Du weißt, warum."

„Ja, klar", sagte sie, nickte nachdenklich und machte ein düsteres Gesicht. „Ich konnte mir diesen Spruch einfach nicht verkneifen. Ab jetzt bin ich brav, versprochen."

„Dann bleibst du also?", wollte ich wissen. Ich

machte keinen Hehl daraus, dass mir das wichtig war.

Grandma nickte. „Ich bleibe."

Ich stieß einen lauten Seufzer der Erleichterung aus. In dem Augenblick kam Octocat um die Ecke, woher auch immer. Er musste sich während des Besuchs meiner Mutter versteckt haben. Wahrscheinlich hatte er ihr den gestrigen Vorfall mit der Teetasse immer noch nicht verziehen.

„Ähm, hallo. Hey, was machen wir mit den beiden Mördern, die du eingeladen hast, bei uns zu wohnen?", fragte er nachdrücklich und deutete mit dem Kopf in Richtung der oberen Etage.

„Oh, Jacques und Jillianne!", rief ich aus. „Ich glaube, ich sollte sie jetzt mal aus der Bibliothek lassen. *Oder?"*

Er trat einige Schritte zurück und kniff wütend die Augen zusammen, als hätte ich ihm gerade mit einer Wasserpistole gedroht. Das würde ich natürlich niemals tun – besonders jetzt nicht, wo ich wusste, dass er mich mit Leichtigkeit umbringen könnte, sollte er das jemals beabsichtigen.

„Auf keinen Fall", sagte er mit Nachdruck.

„Aber du meintest doch, es sei ein Unfall gewesen", erinnerte ich ihn, während ich langsam aufstand. Meine armen Füße fühlten sich unglaublich schwer an.

Octocats Schwanz zuckte wie verrückt, was ziemlich komisch aussah. „Ja, willst du denn, dass sie dich auch versehentlich umbringen? Du hast doch nur ein Leben, oder?"

„Okay, da hast du recht." Der Punkt ging an ihn. Auch wenn mir die beiden Sphynx-Katzen leidtaten, war mir heute wirklich nicht nach Sterben zumute.

Grandma sah uns bei unserer Unterhaltung amüsiert zu, obwohl sie nur meine Worte verstand. „Wenn die beiden Sphynx-Katzen da drinnen bleiben, sollten wir ihnen besser Futter und Wasser hinstellen. Und eine Katzentoilette", fügte sie hinzu.

„Gutes Argument." Sie waren schließlich unsere Gäste. Deshalb sollte ich zumindest versuchen, es ihnen ein bisschen bequemer zu machen. „Octocat, wo haben wir dein Ersatzklo hingetan?"

„Oh, nein. Auf keinen Fall. Auf gar keinen Fall. Du willst mich ja wohl verarschen, oder? Wenn du ihnen mein Katzenklo gibst, benutze ich in Zukunft dein Bett für meine Geschäfte." Nun, das war nicht das, was ich hören wollte, aber es erschien mir völlig unnötig, zum Laden zu fahren und eine neue Katzenausstattung zu kaufen, wenn wir alles Nötige hier hatten.

Ich seufzte und stellte ihm eine Frage, die ich kaum ausgesprochen schon bereute: „Was soll ich denn tun?"

„Ich möchte, dass du sie nach Hause schickst. Ich mag es nicht, dass sie hier sind." Er stand auf halbem Weg zwischen mir und der Treppe und war immer noch total angespannt.

„Aber willst du denn nicht herausfinden, wer die Senatorin getötet hat?" Ich ging ein paar Schritte auf ihn zu.

„Äh, hallo? Wir wissen, wer die Senatorin getötet hat."

Ich dachte darüber nach. Vielleicht konnte ich ihn irgendwie anders überzeugen. „Sollten wir sie dann nicht besser einsperren, bis sie ... ähm, bis sie vor Gericht gestellt werden?" Ich bewegte mich auf dünnem Eis, das war mir klar. Ich hatte keine Ahnung, wie Tiere normalerweise Gerechtigkeit walten ließen, aber ich wusste, dass Octocat ein großer Fan von diesen Gerichtsshows im Fernsehen war. Hoffentlich würde ihn seine Vorliebe für alles, was mit Verbrechen und Bestrafung zu tun hatte, von meinem Argument überzeugen.

„Oh, Angela, du hast absolut recht", stieß er hervor, als ob ihn diese Erkenntnis bis ins Mark erschütterte. „Ich werde Wache halten."

„Er wird Wache halten", erklärte ich Großmutter und fragte mich, wie ich es gerade geschafft hatte, ihn so schlagartig zu überreden, und ob ich mich in Zukunft in meinem Lebenslauf tatsächlich auch als Katzenflüsterin bezeichnen sollte.

Nun, wenigstens war Octocat beschäftigt.

Zumindest für den Moment.

15

Mit dem Gefühl, dass Großmutter da war, konnte ich in der folgenden Nacht besser schlafen. Ich schloss zwar immer noch die Tür zu meinem Turmzimmer hinter mir ab, aber so langsam fühlte sich das riesige Herrenhaus mehr wie mein Zuhause an. Wir waren mit dem Einräumen schon gut vorangekommen, und bald würden alle meine Kisten ausgepackt sein. Auch Großmutter würde in nächster Zeit offiziell einziehen, mit all ihrem bunten, alten Schnickschnack, der mich an meine Kindheit erinnerte. Und wir würden hoffentlich auch bald Lou Harlows Killer fangen.

Das war in diesen Tagen der Stoff, aus dem die Träume sind – zumindest meine verrückten.

Am nächsten Morgen erwachte ich wunderbar

ausgeruht, und sogleich stieg mir der herrlichste Duft der gesamten Menschheitsgeschichte in die Nase.

Kaffee!

Ich nahm zwei Stufen auf einmal und stürmte in die Küche. Dort fand ich meine liebe, süße, wunderschöne Großmutter mit einer gepunkteten Schürze um ihre schmale Taille gebunden und einer riesigen, dampfenden Kanne Kaffee in der Hand vor.

„Guten Morgen", trällerte sie.

Ich hätte sie am liebsten gedrückt und geküsst, wenn ich nicht Angst gehabt hätte, sie könnte den Kaffee verschütten. In meinem Umzugswahn hatte ich gar nicht darüber nachgedacht, wie es wohl sein würde, Großmutter als Mitbewohnerin zu haben. Auch wenn ich dank einer alten Kaffeemaschine unlängst eine Nahtoderfahrung und seitdem allgemein Angst vor diesen Geräten hatte, war mir das köstliche, belebende Gebräu immer noch heilig. Und Großmutter versorgte mich jetzt damit.

„Danke, danke, danke", jubelte ich, als sie sich meine frisch gespülte *Crazy Cat Lady*-Tasse griff und mir einschenkte. „Woher haben wir eigentlich diese Kaffeemaschine?", fragte ich nach dem ersten himmlischen Schluck.

„Die habe ich mitgebracht", erklärte sie und bückte sich, um nach irgendetwas im Ofen zu sehen.

Ich hatte zunächst nur das berauschende Aroma des Kaffees wahrgenommen, aber jetzt stieg mir eindeutig der herrliche Duft von Bananenbrot in die Nase.

„Du hast immer noch Angst vor Kaffeemaschinen, oder?" Großmutter wandte sich mit einem strahlenden Lächeln wieder mir zu. Sie war schon immer ein Morgenmensch gewesen. Das traf auf mich nicht so ganz zu.

Ich nickte, und meine Phobie war mir in dem Moment noch nicht mal peinlich. Das hier war einfach zu gut. Dankbar nahm ich einen weiteren köstlichen Schluck.

„Nun, dann werde ich wohl von nun an für das Frühstück zuständig sein", meinte sie, während sie weiter in der Küche herumwirbelte, als gehöre ihr der Laden. Ich schätze, in gewisser Weise war das jetzt auch so.

„Hey", sagte ich, nachdem ich genug Koffein intus hatte, um mein Gehirn ans Laufen zu bringen. „Wo hast du letzte Nacht geschlafen?" Ich hatte Ethels gesamte alte Schlafzimmereinrichtung ja abholen lassen, und Großmutter war noch nicht richtig eingezogen, also hatte sie auch noch kein Bett hier.

„Ich habe bei unseren beiden haarlosen Samtpfoten übernachtet", erwiderte sie mit leuchtenden Augen und legte mir dabei die Hand auf den Oberarm. „Der Fensterplatz war echt gemütlich."

„Grandma", schimpfte ich. „Da sollst du doch nicht schlafen."

Sie wischte meine Bedenken beiseite, indem sie mit einem Geschirrtuch in meine Richtung wedelte. „Ich habe sehr gut geschlafen, danke."

„Wie dem auch sei, ich sollte mich besser darum kümmern, dass jemand zumindest schon mal dein Bett hierher transportiert." Ich dachte nach und trank dabei den letzten Schluck Kaffee.

Als Großmutter sah, dass mein Becher leer war, nahm sie ihn mir sofort aus der Hand und füllte ihn auf.

„Oh, ich könnte Brock fragen", fiel mir ein. Mein Gehirn schien jetzt auch wach zu sein. „Er wollte ohnehin heute vorbeikommen wegen einiger Kostenvoranschläge für die Renovierungen hier. Er hat einen Pick-up, und ich bin sicher, er wäre bereit, uns zu helfen, deine wichtigsten Sachen rüberzuholen."

Plötzlich erinnerte ich mich an etwas, das gestern total untergegangen war. Wir hatten noch gar nicht darüber gesprochen. „Als ich ihn gestern traf, sagte er, du hättest ein Angebot für dein Haus?"

Großmutter freute sich offensichtlich über diese

Tatsache. „Das stimmt. Und ich wette, du errätst nicht, von wem das Angebot kommt."

Normalerweise mochte ich solche Ratespiele nicht, aber ich war vom Kaffee so euphorisiert, dass ich mitmachte. „Mom und Dad?"

„*Ha!* Als ob die jemals ihr Haus in der Bucht verlassen würden. Rate noch mal." Sie wischte über die Küchenarbeitsplatte und beobachtete, wie mein Kopf rauchte.

„Ist es jemand, mit dem ich zur Schule gegangen bin?", riet ich. Aus meinem Bekanntenkreis fiel mir niemand ein, der sich eine Immobilie zulegen wollte. Ich war völlig ratlos.

Grandma lächelte und schüttelte den Kopf. „Nein, aber es ist jemand, den wir beide kennen. Jemand, der ziemlich gut aussieht."

Ich lehnte mich zurück gegen den Küchentresen, den Becher immer noch in der Hand. „*Hmm*". Für einen kleinen Flirt war Großmutter stets zu haben, und sie fand vermutlich die Hälfte der Männer unserer Stadt attraktiv, wenn ich mir das recht überlegte. Ich wusste, dass sie zuletzt ein Auge auf den deutlich jüngeren Officer Bouchard geworfen hatte, aber er schien mir nicht der Typ zu sein, der sich für ein Landhäuschen im klassischen Cape-Cod-Stil abseits der Küste interessieren könnte.

Jetzt konnte sie nicht mehr länger an sich halten und platzte damit heraus: „Es ist Charles, unser Charles!"

Ich lachte über ihren Witz, aber Großmutter blickte mich unverwandt an. „Warte. Du meinst das ernst?" Ich quietschte vor Freude.

Sie nickte begeistert mit dem Kopf und machte eine ausgelassene, kleine Drehung. „Todernst. Er sagte, es sei an der Zeit, Wurzeln zu schlagen, jetzt, wo er Kanzleipartner geworden ist."

„Grandma, das ist wunderbar!", rief ich und tanzte mit ihr durch die Küche. „Dann kannst du vielleicht sogar von Zeit zu Zeit dein altes Haus besuchen. Wir kennen ihn schließlich gut."

„Oh, das hatte ich mir auch schon so ausgemalt", sagte sie mit einem schelmischen Funkeln in den Augen, während sie zu einem schnellen Foxtrott überging, bei dem ich nicht mithalten konnte. „Ein Happy End für alle."

Ein leises Klopfen an der Eingangstür unterbrach uns.

„Ich mach auf", sagte ich zu Großmutter, die stehen blieb, und legte ihr eine Hand auf die Schulter. „Du bleibst bei dem Bananenbrot. Ich will ein Stück, sobald es aus dem Ofen kommt."

„Jawohl", erwiderte sie und salutierte aus mir

unerfindlichen Gründen. Andererseits, ich verstand oft nicht, was in ihr vorging – vielleicht die Hälfte davon an einem guten Tag. Und bis jetzt hatten wir einen super Start in den Tag hingelegt.

Mit nackten Füßen, unordentlichem Haar und einer halbvollen Tasse Kaffee stapfte ich in die Eingangshalle. Als ich durch die Buntglasfenster neben der Tür spähte, erkannte ich, wer da auf der anderen Seite stand, und mir blieb beinahe das Herz stehen. Okay, nicht wirklich, aber es war in dem Moment ein kleiner Schock.

Brock sah mich, bevor ich mich aus dem Blickfeld ducken konnte, und winkte mir freundlich zu. Es gab kein Zurück mehr. *Oh, Mist.*

Ich drehte mich um und wischte mir den Schlaf aus den Augen, dann setzte ich mein freundlichstes Lächeln auf, das mit geschlossenem Mund möglich war, und öffnete ihm, nach wie vor in meiner pinken Pyjamahose und meinem Spaghettiträger-Top, die Tür. „Guten Morgen.“

„Ich hoffe, es ist nicht zu früh“, sagte er und musterte mich von oben bis unten.

„Nö, du kommst genau richtig. Hereinspaziert. Grandma!“, rief ich zurück in Richtung Küche. „Brock ist da, wir gehen nach oben.“

„Okay, Boss!“, kam von ihr zurück.

Brock runzelte die Stirn, blieb stehen und stützte sich am Treppengeländer ab. „Ähm, ich wollte dir noch was sagen … Könntest du mich bitte nicht mehr Brock nennen?"

Das überraschte mich so sehr, dass mir der Mund offen stehen blieb, obwohl ich ihn eigentlich geschlossen halten wollte, bis ich mir die Zähne geputzt hatte. „Was? Warum denn nicht? Ist das denn nicht dein Name?"

Er sog die Luft durch die Zähne ein, bevor er sagte: „Ja, schon, aber dieser Name steht jetzt so sehr in Verbindung mit dem Prozess, dass ich jedes Mal zusammenzucke, wenn ich ihn höre."

Das fand ich definitiv verständlich. Der Mann war eines Doppelmordes bezichtigt worden, und monatelang war so ziemlich jeder in Glendale von seiner Schuld überzeugt gewesen. Ich konnte es nachvollziehen, dass er auf diese Weise einen Neuanfang machen wollte.

„Oh, natürlich. Wie soll ich dich denn stattdessen nennen?", fragte ich lächelnd und achtete dabei wieder auf meinen Mund.

Er seufzte laut und sichtlich erleichtert. „Wie findest du Cal? Kurz für Calhoun. Also, das ist dann ja immer noch mein Name, aber er klingt nicht mehr so nach dieser schrecklichen Geschichte."

„Klingt gut, Cal." Dann schnalzte ich dämlich mit der Zunge und zeigte mit dem Finger auf ihn wie mit einer Pistole. Wirklich cool.

Er schien es aber nett zu finden, denn er lachte. „Danke, Angie."

Wir gingen nach oben in das Zimmer, das meine zukünftige Bibliothek werden sollte und aktuell noch als provisorisches Katzengefängnis diente. Octocat stand vor der Tür und sah aus, als hätte er die ganze Nacht kein Auge zugetan. Wenn das stimmte, dann wäre das so, als hätte ein Mensch mehrere Tage lang nicht geschlafen. Puh, wenn das so weiterging, würde er unerträglich schlecht gelaunt sein, bis unsere Sphynx-Besucher freigelassen oder zumindest in ein anderes Gefängnis verlegt würden.

„Geh schlafen, du", sagte ich zu ihm mit betüdelnder Stimme, so wie ein normaler Katzenbesitzer mit einer normalen Katze spricht.

Er gähnte und stolperte davon.

Nachdem wir den Raum vorsichtig betreten hatten, damit auch ja keine der beiden Sphynx-Katzen entkam, erklärte ich Brock beziehungsweise Cal: „Das ist mein Lieblingszimmer im ganzen Haus. Ich möchte die Wände komplett mit Regalen ausstatten, die Böden auf Vordermann bringen und etwas mehr Beleuchtung hier und da haben. Es soll meine Bibliothek werden. Was meinst du?"

„Das ist der perfekte Ort dafür", bestätigte er und drehte sich langsam in der Mitte des Raums im Kreis. „Hey, sind das nicht die Katzen der Senatorin?", fragte er, als er Jacques und Jillianne entdeckte, die zitternd in ihrer eisigen Lieblingsecke saßen.

„Das ist eine lange Geschichte", sagte ich und ging zurück zur Tür. „Könntest du vielleicht rasch ein paar Maße nehmen? Ich bin in fünf Minuten zurück."

Er nickte, und ich schloss die Tür hinter mir und rannte ins Badezimmer, um mir schnell die Haare zu bürsten und die Zähne zu putzen. Ich spritze mir auch etwas kaltes Wasser ins Gesicht. Das musste reichen. Mehr wäre zu viel des Guten.

„Das kriege ich wahrscheinlich in relativ kurzer Zeit erledigt", meinte Brock – äh – *Cal*, als ich zurückkam. Er stand vor dem Sitzplatz am Fenster, von dem aus man den schön angelegten Garten sah, und hinter den Baumwipfeln konnte man gerade noch so das Meer erkennen. Es war ein herrlicher Ausblick.

„Klasse!" Ich gesellte mich zu ihm ans Fenster und spürte, wie mich ein kleiner Schauer der Erregung überkam. Trotz des Koffeins, das mich ordentlich in Schwung gebracht hatte, fand ich irgendwie nicht die richtigen Worte, jetzt, wo ich diesem tollen Mann so nahe war. „Wie viel etwa, und – wann kannst du anfangen?“

Cal nannte mir eine Zahl, bei der mir ein wenig schwindelig wurde, bis er mir erklärte, dass da auch die maßgefertigten Wandregale mit drin seien, die ich haben wollte. Dann war es eigentlich doch ein Schnäppchen. Ich konnte kaum glauben, dass dieser Prinz mir meine Märchen-Bibliothek bauen würde.

Träume konnten wirklich wahr werden.

Darauf gaben wir uns die Hand, und dann meinte er: „Es ist ja noch früh, ich könnte heute schon anfangen. Wie gesagt, die Leute stehen nicht gerade Schlange bei mir nach all dem, was kürzlich passiert ist.“

„Wir sind im Geschäft, Cal Calhoun“, sagte ich mit einem breiten Lächeln und freute mich, dass wir mehr Zeit miteinander verbringen würden. Zum einen, weil er in der Nähe sein würde, falls Gefahr drohte, und zum anderen, weil ich jetzt ganz sicher auf ihn stand. „Grandma und ich werden heute hier sein und weiter Kisten auspacken. Sag einfach Bescheid, wenn du etwas brauchst.“

„Mach ich.“

„Oh, und Cal?“ Je öfter ich seinen neuen Namen

sagte, desto mehr gewöhnte ich mich daran, und desto besser gefiel er mir. Er war unkompliziert und sympathisch, genau wie der Mann selbst.

„Ja?“ Er entfernte gerade sein Bandmaß, das sich daraufhin surrend von selbst wieder einrollte.

„Achte auf die Sphynx-Katzen. Das sind gerissene kleine Biester“, sagte ich und plapperte damit die Worte Officer Bouchards von vor ein paar Tagen nach.

Sodann schlüpfte ich aus dem Zimmer und lief hoch in meinen Turm, um nach dem perfekten Outfit zu suchen, in dem ich meinem Schwarm später ganz lässig gegenübertreten konnte.

16

Mein Telefon begann vehement zu klingeln, als ich mir gerade unter der Dusche die Haare wusch. Ich stellte das Wasser ab, schnappte mir mein Handtuch und erwischte Charles gerade noch rechtzeitig – sonst wäre er ein zweites Mal in der Mailbox gelandet.

„Hallo?" Ich tropfte auf den kalten Fliesenboden. Mit einem Knarren stieß ich das alte Fenster auf, um etwas Wärme hereinzulassen.

„Angie, ich bin's", meldete sich Charles, als ob ich nicht wüsste, wer dran war. Die Rufnummernanzeige war schließlich heutzutage Standard.

„Was ist los?", fragte ich und zog das Handtuch enger um meinen Körper. Natürlich musste er genau dann anrufen, wenn ich nass und nackt war. Bei meinem Glück würde ich womöglich in einer der vielen Pfützen, die sich unter mir bildeten, ausrutschen, mir den Kopf stoßen, bewusstlos werden, und dann müsste Brock – ich meine Cal – die Tür aufbrechen, um mich zu retten. Vielleicht würde ich sogar mit einer zweiten geheimen Superkraft aufwachen, wenn ich schon dabei war.

Okay, jetzt war ich nass, nackt und in Panik. Vorsichtig hockte ich mich auf den Wannenrand, während Charles mir den Grund für seinen Anruf erklärte. Wenn ich hier runterfallen sollte, wäre es nicht mehr weit bis zum Boden.

„Tut mir leid, dass ich gestern nicht zurückgerufen habe." Ich hörte, wie bei ihm im Hintergrund eine Tür geschlossen wurde. Er hielt inne, bevor er weitersprach: „Thompson hat sich ein paar Tage frei genommen. Um zu trauern."

„Er trauert um die Senatorin?", fragte ich, da ich das von meinem Workaholic-Chef nicht erwartet hätte.

„Ja", bestätigte er mir und klang dabei genauso überrascht, wie ich es war. „Offenbar standen sich die beiden näher, als wir alle je geahnt haben."

Ich schnappte nach Luft, verlor fast das Gleichgewicht und wäre beinahe wirklich von der Wanne gekippt. „Hatten sie eine Affäre?"

„Ach, komm schon", stieß Charles hervor. „Thompson und Harlow, meinst du echt?"

„Nun ja, alles ist möglich", murmelte ich defensiv.

„Da war etwas anderes zwischen den beiden", meinte er ziemlich irritiert.

Ich musste ihn weiter löchern. Er hatte Informationen, die ich so schnell wie möglich brauchte. „Ja, und was war das denn?", fragte ich ungeduldig.

„Pass auf", sagte Charles, und ich konnte mir gut vorstellen, wie er gerade lächelnd in seinem Büro umherwanderte. Ich wusste, dass er es liebte, schockierende Wendungen zu enthüllen oder den entscheidenden Beweis zu liefern. War das jetzt ein solcher Moment? „Harlow wollte zurücktreten und Thompson sollte ihr designierter Nachfolger werden, den sie persönlich auf die Wahl vorbereitete."

„Thompson?" Ich war fassungslos. „Aber er kann überhaupt nicht gut mit Menschen umgehen." Nicht nur, dass er immer sehr förmlich und unpersönlich war, er kritisierte mich und die anderen Mitarbeiter auch häufig offen. Selbst wenn das nur dazu diente, unseren guten Ruf zu wahren, aber trotzdem. Bei dem Gedanken, dass er als Politiker meinen Bundesstaat in der Regierung vertreten könnte, wurde mir ganz übel.

„Kann sein", sagte Charles, der den Seniorpartner

offenbar nicht schlecht machen wollte so wie ich. „Aber es lässt sich nicht leugnen, dass er ein kluger Kopf ist und, ob du es glaubst oder nicht, er und Harlow hatten viele gleiche politische Ansichten."

„Zum Beispiel?", rief ich laut. Ich konnte immer noch nicht glauben, was er mir da gerade erzählt hatte.

„Sie sind seit langer Zeit befreundet. De facto haben sie sich vor mehr als fünfunddreißig Jahren kennengelernt, als sie sich beide für die *„Save the Whales"*-Bewegung engagierten. Thompson meinte, dass das einige der besten Jahre seines Lebens gewesen seien."

Da war es wieder, dieses *„Rettet die Wale"*-Ding. Könnte das eine wichtige Rolle spielen? Wichtig genug, um die gute alte Senatorin zu ermorden? Und wenn ja, könnte dann Thompson das nächste Opfer sein?

„Charles?" Ich wusste, dass ich ihm das anvertrauen konnte: „Glaubst du, die Senatorin könnte ermordet worden sein, weil sie eine Umweltaktivistin war?"

„Wegen ihrer Aktivitäten damals oder jetzt?", fragte er zurück, und ich konnte sein Superhirn beinahe rattern hören.

„Sowohl als auch", sagte ich. „Ist dir irgendetwas

bekannt, das ein Hinweis darauf sein könnte, warum jemand ihren Tod wollte?"

Er seufzte. „Du weißt doch, dass die Polizei ihren Tod als einen Unfall eingestuft hat."

„Ja, aber das glaubst du doch auch nicht wirklich, oder?"

„Es *ist* verdächtig." Er überlegte einen Moment lang, bevor er fortfuhr: „Wie genau verfolgst du die nationale Politik?"

„Nicht sonderlich", gab ich zu. „Ich habe ein wenig über die Senatorin recherchiert und gegoogelt, hab nach aktuellen Artikeln gesucht, in denen sie erwähnt wird, aber mir ist nichts aufgefallen."

Er lachte leise. „Nun, dann werde ich dich mal auf den neuesten Stand bringen: Letzte Woche wurde bekannt, dass eine große Ölfirma einen Antrag für den Bau einer Zuleitungspipeline gestellt hat. Die Sache ist noch ganz frisch, aber die Leute sind jetzt schon besorgt darüber. Die Pipeline würde größtenteils quer durch unseren Bundesstaat verlaufen und sogar durch einen unserer Nationalparks, von dem dadurch eine Ecke abgeschnitten würde."

Das klang furchtbar. Ich liebte unseren Staat Maine, genauso wie die Senatorin, für die Schönheit seiner Natur und die Nähe zum Ozean. Irgendein

Ölgigant wollte sich einen Teil davon einverleiben, und wofür?

„Ich kann verstehen, warum sie das nicht wollte. Die Umwelt und die Natur hier bedeuteten ihr sehr viel", sagte ich zu Charles.

„Es ist noch eine Weile hin, bis darüber entschieden wird, aber Big Oil betreibt krasse Lobbyarbeit, um das durchzusetzen. Sie argumentieren damit, dass es Arbeitsplätze schaffen und uns eine weitere, dringend benötigte lokale Energiequelle bringen würde, wodurch wir weniger von ausländischem Öl abhängig wären." Er erklärte mir das alles sehr sachlich und diplomatisch. Da er erst kürzlich aus Kalifornien hierhergezogen war, fragte ich mich, ob Charles auf der Seite von Big Oil oder den Nationalparks stand. Ich für meinen Teil hatte dazu eine klare Meinung.

„Aber ich gehe davon aus, dass die Senatorin mit der Zerstörung eines unserer Nationalparks nicht einverstanden gewesen wäre."

„Das wäre sie definitiv nicht gewesen, obwohl es sich nur um gut zweitausend Hektar handelt und der Pipeline-Antrag den Bau eines neuen Naturschutzparks weiter nördlich in unserem Bundesstaat vorsieht." Tat er jetzt nur so, als sei das alles gar nicht so dramatisch oder hielt er die Pipeline tatsächlich auch für eine Katastrophe, die uns möglicherweise bevorstand?

Ich fand das total frustrierend und stöhnte demonstrativ auf. „Was nützt es, wenn wir Naturschutzgebiete errichten, wenn jeder, der genug Geld hat, sie nach Belieben wieder zerstören kann?"

„Ich verstehe, was du meinst, Angie, wirklich." Charles seufzte und hielt einen Moment inne. „Aber du musst auch bedenken, dass in unserem politischen System die Mehrheit darüber bestimmt, was gemacht wird, und das funktioniert gut so. Solche Entscheidungen werden nicht aus einer Laune heraus getroffen. Damit die Pipeline genehmigt wird, muss eine Mehrheit des Senats für sie stimmen. Und wie du weißt, war Harlow nur eine von einhundert Senatorinnen und Senatoren."

Ich fuhr mit den Fingern über die weichen Kanten des Handtuchs. Meine Haut war schon fast getrocknet, mein Haar jedoch noch völlig verwuschelt und voller Shampoo. „Warum wurde dann ausgerechnet Harlow getötet?", überlegte ich.

Charles' Stimme wurde leiser. Wahrscheinlich ging gerade jemand im Flur an seiner Tür vorbei, der von unserem Gespräch nichts mitbekommen durfte. „Bitte vergiss nicht, dass wir nicht wissen, ob bei ihrem Tod nachgeholfen wurde, aber wenn dem so war, dann gäbe es verschiedene mögliche Gründe, warum Harlow sterben musste."

Oh, langsam wurde es richtig spannend. Vielleicht hatte Charles ja doch den entscheidenden Hinweis. „Und die wären?" Ich platzte fast vor Neugier.

„Zum einen hätte ihre Stimme in dieser Sache etwas mehr Gewicht gehabt, da sie eine der beiden Senatoren des Bundesstaats war, in dem die geplante Pipeline gebaut werden soll." Er hielt inne und sprach dann in normaler Lautstärke weiter. „Hinzu kommt, dass sie eine überwiegend konservative Politikerin war, bei der man sich ziemlich sicher sein konnte, dass sie bei jedem Thema, das auch nur im Entferntesten mit Umwelt zu tun hat, mit den Demokraten mitgezogen hätte. Bei einem gespaltenen Senat, wie wir ihn aktuell haben, hätte sie bei der entsprechenden Abstimmung sehr wohl das Zünglein an der Waage sein können."

Ein Klopfen ertönte am anderen Ende der Leitung.

„Eine Sekunde!", rief Charles und meinte dann zu mir: „Ich muss Schluss machen."

„Danke, Charles", sagte ich. „Das war extrem hilfreich – und ganz schön viel Stoff zum Nachdenken."

„Angie, warte." Er hielt inne. Als er wieder

sprach, klang seine Stimme tiefer und viel ernster als vorher. „Bitte sei vorsichtig. Wenn du recht hast und da eine riesige politische Verschwörung im Gange ist, könntest du die Nächste auf der Liste des Killers werden. Lass es gut sein. Ich flehe dich an. Lass die Polizei sich darum kümmern, was auch immer dahintersteckt oder auch nicht. Okay?"

„Okay", sagte ich zustimmend, kreuzte aber meine Finger dabei, nur für den Fall. Ich wollte Charles nicht beunruhigen, auf der anderen Seite war ich so kurz davor, diese Sache zu lösen, dass es keinen Sinn ergeben hätte, jetzt einen Rückzieher zu machen. „Danke für deinen Anruf. Bis bald."

Ich legte auf, bevor er noch weiter versuchte, mich davon abzubringen, duschte zu Ende, zog mich an und ging nach unten, um nach Großmutter zu sehen.

Mit etwas Glück könnten wir den Fall bis zum Einbruch der Nacht gelöst haben.

Vielleicht war das Glück ja ausnahmsweise wirklich mal auf meiner Seite.

17

Den größten Teil des Nachmittags verbrachte ich damit, mir den Kopf zu zerbrechen. Ich dachte darüber nach, welche Leute von der geplanten Pipeline profitieren könnten. Gab es da so viel herauszuholen, dass man dafür einen Mord in Kauf nahm?

Wer würde zu solch einer drastischen Maßnahme greifen? Außerdem war das Pipeline-Vorhaben noch sehr neu, sodass auch in den Medien noch nicht viel darüber berichtet wurde, was es im Detail bedeutete und welche Auswirkungen es haben könnte. Auch wenn ich das aktuelle Geschehen nicht so genau verfolgte, wie ich es wahrscheinlich hätte tun sollen, erfuhr ich doch über meine verschiedenen Social-

Media-Kanäle von den meisten wichtigen Ereignissen.

Das hier hatte noch nicht die Runde gemacht. Zumindest nicht in meinem Netzwerk.

Harlows Mörder musste ein Insider sein. Jemand, der die Nachrichten aufmerksam verfolgte oder der sogar für die Presse arbeitete.

Darüber grübelte ich nach. Ich musste Mom fragen. Ich rief sie an, landete jedoch direkt in der Mailbox. *Menno.*

Also verbrachte ich einige Zeit damit, mehr über die Angelegenheit am Laptop zu recherchieren, kam aber nicht richtig weiter. Wie gerne hätte ich Großmutter erzählt, was ich von Charles erfahren hatte, wusste aber, dass es ihr oft schwerfiel, ruhig zu bleiben, wenn sie aufgeregt war. Ihre Stimme würde schrill durchs ganze Haus hallen, und da Cal immer noch in der Bibliothek arbeitete, würde das Gespräch mit Grandma warten müssen.

Eine Stunde später versuchte ich erneut, Mom zu erreichen. Sie würde niemals eine Story aufgeben, bevor diese nicht ein zufriedenstellendes Ende gefunden hatte, und da sie für die Lokalnachrichten arbeitete, würde sie mit Sicherheit mehr über die Pipeline wissen und möglicherweise sogar, wer davon profitieren könnte.

Immer noch kein Glück. *Grr.* Sie musste ihr Telefon ausgeschaltet haben, was bei ihr fast nie vorkam. Vielleicht gönnten sie und Papa sich gerade einen kleinen Ausflug mit einer Nachmittagsvorstellung im Kino.

Ich konnte nicht länger rumsitzen und warten. Das machte mich ganz kribbelig. Also beschloss ich nachzusehen, wie es in der Bibliothek lief. Vielleicht fiel mir ein gutes Argument ein, Cal früher nach Hause zu schicken, damit ich Großmutter endlich von meinen neuesten Erkenntnissen berichten konnte.

„Klopf, klopf", rief ich, bevor ich hineinhuschte.

In dem Raum war es kühl geworden, sodass ich reflexartig die Arme um mich schlang. Zu dieser Jahreszeit waren die Tage zwar sonnig und warm, aber gegen Abend hin fielen die Temperaturen unangenehm ab. Das große Erkerfenster der Bibliothek stand offen, und der Vorhang flatterte nach innen.

Cal war nicht da, und die beiden Sphynx-Katzen auch nicht.

Oh nein. Das war ganz und gar nicht gut.

Ich rannte die Treppe hinunter, auf der Suche nach jemandem, irgendjemandem.

Cal stand draußen und belud seinen Pick-up. „Ich komme morgen wieder, wenn das okay ist", sagte er, bevor er meinen panischen Gesichtsausdruck bemerkte. „Äh, ist das nicht okay?"

„Hast du das Fenster oben offengelassen?" Ich hasste es, dass meine Stimme dabei voll schrill und angespannt klang. „Die Katzen sind weg."

Er schloss die hintere Klappe der Ladefläche seines Wagens und warf mir einen entsetzten Blick zu. „Verdammt. Tut mir leid. Ich helfe dir, sie zu finden."

Ich raste wieder los und umkreiste den Garten, in der Hoffnung, die beiden Ausreißer zu entdecken, während Cal näher am Haus suchte. Irgendwann musste er Großmutter informiert haben, denn auch sie kam nach draußen, um uns zu unterstützen.

„Ich habe das Fenster nicht offen gelassen", sagte er, als sich unsere Wege wieder kreuzten. „Ich habe es kurz geöffnet, um etwas zu lüften, weil es recht staubig war, aber ich habe die Katzen die ganze Zeit im Auge behalten. Als ich es wieder zugemacht habe, waren sie immer noch im Zimmer."

„Ich glaube dir", versicherte ich ihm, aber das beruhigte mich trotzdem kein bisschen. Was würde Matt sagen, wenn er erfuhr, dass die Katzen, auf die ich unbedingt aufpassen wollte, ausgebüxt waren? Ob er sie nun behalten wollte oder nicht, er wäre ganz sicher nicht erfreut, dass ich es fertiggebracht hatte, eine der letzten Erinnerungen an seine Mutter zu verlieren.

Ich spähte nervös in den Wald. Würde ich mich noch einmal da hineinwagen müssen? Ob Octocat bereit wäre, mir zu helfen? Und wo war er überhaupt?

Vor dem Haus der Harlows sah ich einen gewissen kleinen roten Sportwagen stehen. Anscheinend war Thompson bei Matt zu Besuch. Hoffentlich war Matt damit lange genug abgelenkt, sodass ich in der Zeit die vermissten Katzen wiederfinden und in Sicherheit bringen konnte. Wir suchten noch eine halbe Stunde lang. Es dämmerte schon, und wir waren immer noch nicht weiter.

„Es tut mir wirklich leid“, entschuldigte sich Cal erneut. „Ist es immer noch okay, wenn ich morgen wiederkomme?“

„Natürlich. Und ernsthaft, mach dir keine Vorwürfe deswegen. Ich weiß, dass es nicht deine Schuld war“, versicherte ich ihm.

Er nickte betrübt, trottete dann zu seinem Wagen hinüber, und weg war er.

„Ich fange jetzt mit dem Abendessen an“, verkündete Großmutter und klopfte mir mitfühlend auf die Schulter. „Mach dir keine Sorgen, Liebes. Ich bin sicher, dass sie bald wieder auftauchen werden.“

Äußerst beunruhigt drehte ich eine weitere Runde um das Grundstück. Warum waren diese Sphynx-Katzen so gut im Verstecken? Und warum war Octocat nicht hier, um mir zu helfen?

Schließlich gab ich auf und stapfte die Treppe hinauf, um oben im Haus nach ihnen suchen. Vielleicht waren sie gar nicht nach draußen entwischt. Es war möglich, dass sie sich einfach in eine andere kalte Ecke verkrochen hatten und vor sich hin zitterten. Ernsthaft, was war los mit diesen Katzen, dass sie die ganze Zeit im Kalten saßen?

Und jetzt war es auch noch im ganzen Haus ziemlich kalt, etliche Grad kühler als noch vor ein paar Stunden. Zu meinem Leidwesen stellte ich fest, dass ich das Badezimmerfenster nach meinem Gespräch mit Charles weit offengelassen hatte. Ich schob es wieder zu und beschloss, dass ich mir jetzt erst mal eine Pause verdient hatte. Ich würde später weitersuchen, aber zuerst musste ich mich einfach eine Weile hinsetzen.

Als ich mich der Treppe näherte, nahm ich einen Schatten wahr, der am Ende des Flurs vorbeihuschte. Ich blinzelte, um genauer zu sehen, was da war. Hatte ich die Sphynx-Katzen nun endlich gefunden, jetzt, wo ich gerade aufhören wollte zu suchen? Leider waren es nicht die Katzen – anscheinend spielte mir nur meine arme, überforderte Fantasie einen Streich. Ich ging die Treppe hinunter, und während ich noch die schönen Buntglasfenster im Foyer unten bewunderte, trat ich plötzlich direkt auf Octocat. Ich hätte schwören können, dass er eine Sekunde vorher noch nicht dort saß, denn ich hatte mich kurz zuvor vergewissert, dass da kein Vierbeiner rumsprang.

Er stieß einen schrecklich lauten Jammerschrei aus, und ich versuchte, schnell mein Gewicht zu verlagern, um ihn nicht noch mehr zu verletzen. Das führte dazu, dass ich das Gleichgewicht verlor und mehrere Stufen hinunterstürzte, bevor ich mich auf halber Strecke wieder fangen konnte.

„Willst du mich umbringen?", schrie ich ihn an und hielt mir den schmerzenden Kopf. Den hatte ich mir ordentlich gestoßen – nein, ich hatte mir *alles* gestoßen. „Du hast echt versucht, mich umzubringen!"

Octocat riss entsetzt die Augen auf. „Das war ein Unfall", beharrte er und humpelte zu mir herunter, um genauer zu sehen, was mit mir los war. Er hatte sich offensichtlich auch ordentlich wehgetan, würde es aber wohl überleben.

Und ich? Ich wäre fast von meiner Katze

ermordet worden, und ich hatte keine Ahnung, warum.

Grandma kam angestürmt. „Angie, meine Güte! Ist alles in Ordnung?“

„Octocat hat versucht, mich zu töten“, schrie ich wieder und fühlte mich dabei wie im falschen Film.

„Nein, Angela, nein!“, fuhr er fort, ohne auch nur mit dem Schwanz zu zucken oder eine seiner üblichen irritierten Gesten zu machen. „Es war ein unglücklicher Zufall. Da war ein leuchtender roter Punkt. Ich wollte nicht ...“

Plötzlich flog die Haustür auf. Ich sah meine Mutter im Gegenlicht der untergehenden Sonne. Ihr Haar wirkte zerzaust, und kleine Zweige schienen darin zu stecken. „Steig sofort ins Auto!“, rief sie zu mir rüber und „Mom, deine Schlüssel!“, zu Großmutter.

„Ich habe das nicht getan! Ich habe das nicht getan!“, heulte Octocat, aber mit ihm würde ich mich später auseinandersetzen. So schnell ich konnte, rannte ich die Treppe hinunter und hüpfte auf den Beifahrersitz von Grandmas sexy rotem Sportcoupé.

„Was ist los?“, rief ich, als auch Mom eingestiegen war und die Schlüssel ins Zündschloss steckte.

Der Motor heulte auf, sie gab Vollgas und hinterließ eine riesige Staubwolke. Wir fuhren so schnell, dass ich richtig in den Sitz gedrückt wurde. Mein Kopf begann wieder zu pochen, aber der körperliche Schmerz war nichts gegen die morbide Neugier auf das, was wohl als Nächstes kam.

„Mom!", brüllte ich und hielt mich am Armaturenbrett fest, als wir meine Einfahrt hinunterflogen und auf die Straße einbogen. „Was ist los?"

„Ich habe gesehen, wer versucht hat, dich zu töten", sagte sie, und jetzt erst bemerkte ich, dass sie vor Erschöpfung keuchte. „Ich war im Wald und bin sofort losgespurtet, als ich ihn aus deinem Fenster schlüpfen sah. Er hat Harlow umgebracht, und jetzt hat er versucht, dich zu töten. Mein kleines Mädchen! Wenn ich ihn vor den Bullen erwische, ist er tot."

„Mom!" Ich schrie noch einmal, um sicherzugehen, dass sie mich hörte, denn der Motor dröhnte unfassbar laut. Sie bog erneut scharf um die Ecke und Grandmas schicker, kleiner Schlitten schlingerte auf die Hauptstraße, die durch Glendale führte. „Wer? Wer hat versucht, mich umzubringen?"

Sie umklammerte das Lenkrad so fest, dass ihre Knöchel weiß hervortraten, drückte das Gaspedal aber nur noch fester durch. Wir überquerten die

Bahngleise, und meine Mutter verlor praktisch die Kontrolle über das Fahrzeug. So schnell, wie wir fuhren, sollte kein Auto überhaupt fahren können.

„Komm schon, komm schon", murmelte sie mit einem fest entschlossenen, leicht wahnsinnigen Ausdruck im Gesicht.

Hinter uns heulten Sirenen auf und ich erkannte einen Streifenwagen, der hinter uns herfuhr und rasch schneller wurde.

„Mom!", heulte ich. Ich wusste immer noch nicht, was los war, aber es fühlte sich an, als wäre ich aus einem Mordkomplott gerettet worden, nur um direkt im nächsten zu landen. „Stopp! Die Polizei ist hinter uns her!"

„Gut", sagte sie, holte noch einmal tief Luft und trat noch mehr aufs Gas. Der Tacho näherte sich bedrohlich der Marke von 250 km/h. Wie war das möglich? Warum taten wir das überhaupt?

Unsere wilde Fahrt ging weiter, und ich bekam eine heftige Panikattacke. O mein Gott, jemand hatte versucht, mich umzubringen, und jetzt würde ich durch die irre Fahrweise meiner Mutter sterben.

„Wo könnte er hin?", brüllte Mom. „Wo könnte er als Nächstes hinwollen?"

„Wer?", brüllte ich zurück. Ich verstand immer noch nichts.

„Dein Boss", stieß sie hervor und wechselte kühn von einer Fahrspur zur anderen. „Richard Thompson."

18

Mir wurde ganz schummerig, ich sackte zur Seite gegen die Tür und mein Sicherheitsgurt schnitt mir in die Brust. Dachte meine Mutter wirklich, dass mein Chef versucht hatte, mich umzubringen? Das war doch verrückt. Octocat hatte mich zu Fall gebracht. Ich hatte Thompson an dem Tag nicht einmal gesehen.

Mir blieb die Luft weg. „Mom, ich weiß nicht, was du gesehen hast, aber Thompson war nie in meinem Haus."

„Doch, das war er", rief sie und fuhr eine weitere scharfe Kurve.

Wir waren auf dem Weg zur Anwaltskanzlei, das wurde mir jetzt klar. Der Streifenwagen blieb uns dicht auf den Fersen. Ich drehte mich um und sah das entschlossene Gesicht von Officer Raines, die hinter uns her war. Sie und meine Mutter hatten sich ja schon bei unserem ersten Treffen angezickt, und nach dieser rasanten Verfolgungsjagd, die Mom angezettelt hatte, würden sich die beiden sicher für immer spinnefeind sein, egal, was als Nächstes passierte.

„Ich weiß nicht, wie er reingekommen ist", fuhr Mom fort, „aber er ist durch das Fenster rausgeklettert."

„Wann?" Ich verstand die Welt nicht mehr. Wie konnte das möglich sein?

„Ungefähr zwei Minuten, bevor ich bei dir reinkam", sagte sie und wurde etwas langsamer, als wir an der Anwaltskanzlei vorbeifuhren. Thompsons Auto war nicht da.

Das deckte sich zeitlich ziemlich gut mit den Ereignissen bei mir zu Hause, aber …

„Mom, da waren aber keine Autos. Ich habe niemanden vor uns wegfahren sehen und nichts gehört", beharrte ich. Selbst wenn Thompson es irgendwie geschafft haben sollte, unbemerkt in mein Haus einzusteigen und sich dann wieder davonzumachen, war er mit seinem kleinen roten Sportwagen nirgendwo hingefahren. Welch Ironie, dass der Verfolger und der Verfolgte genau denselben Fahrzeugtyp hatten. Was für eine Verfolgungsjagd wäre das gewesen, wenn Thompson sich an diesem Rennen beteiligt hätte.

„Natürlich", schrie Mom und wendete das Auto wie in einem Actionfilm. „Er ist immer noch zu Fuß unterwegs! Wir müssen zurück! Deine Grandma!"

Angst machte sich in mir breit, als ich an meine arme, wehrlose Großmutter dachte, die ganz allein mit einem Mörder war. Sie war zwar tough, aber vor allem im Kopf. Wenn er sie körperlich angreifen würde, hätte sie keine Chance.

Hinter uns heulten die Sirenen. „Fahren Sie rechts ran", befahl Officer Raines über den Lautsprecher.

„Los, Mom!" Ich klammerte mich immer noch am Armaturenbrett fest. „Bring uns zurück zu Grandma!"

Keine Ahnung, woher meine Mutter ihre stuntmäßigen Fahrkünste hatte, aber sie brachte uns in Rekordzeit zurück zu meinem Haus, und zwar noch schneller als eben.

Sobald der Wagen zum Stehen kam, sprang ich heraus, rannte zur Tür und wäre beinahe auf der Verandatreppe gestolpert. „Grandma!", rief ich. „Bist du okay? Bitte, bitte!"

Grandma erschien in der offenen Tür. Sie trug ihre gepunktete Schürze und trocknete sich gerade die Hände an einem Geschirrtuch ab. „Natürlich, alles gut, Liebes. Ich bereite nur das Abendessen vor. Hattet ihr Spaß bei eurem rasanten Rennen?"

Ich umarmte sie fest, wurde aber schnell von einer sehr wütenden Polizeibeamtin zurückgezogen. Irgendwie hatte Officer Raines es schon geschafft, Mom in Handschellen zu legen und sie mit dem Gesicht nach unten auf den Boden zu befördern. „Stopp!", schrie ich. „Wir sind nicht die Bösen!"

Officer Raines legte mir trotzdem ebenfalls Handschellen an und begann, mich über meine Rechte zu belehren.

Mom wandte sich am Boden hin und her. „Er ist noch irgendwo hier. Er hat versucht, meine Tochter zu töten!"

Die Polizistin schien wenig beeindruckt. „Ja sicher, wer's glaubt", murmelte sie.

Da schubste Großmutter sie so fest gegen die Schulter, dass wir alle die Luft anhielten. „Jetzt hören Sie mal zu, Fräulein! Wenn meine Tochter sagt, dass hier ein Mörder frei herumläuft, dann sollten Sie glauben, dass hier ein Mörder frei herumläuft. Was soll's, wenn sie etwas schneller gefahren ist als erlaubt? Ist das so schlimm, wie ein Mörder auf freiem Fuß?"

Officer Raines lachte sarkastisch. „*Etwas?* Sie war mindestens 180 Stundenkilometer zu schnell.“

„Ich musste irgendwie Ihre Aufmerksamkeit erregen“, stöhnte Mom und versuchte verzweifelt, sich umzudrehen.

„Nun, das haben Sie ja geschafft“, erwiderte die Beamtin und drückte mir ihre Hand in den Rücken, während sie mich die Verandastufen hinunterschob. „Meine Aufmerksamkeit und eine einfache Fahrt direkt ins Bezirksgefängnis.“

Nein, nein, nein. Das war alles nicht gut so. Ich hatte noch gar keine Zeit gehabt herauszufinden, warum Thompson erst Harlow und dann mich umbringen wollte. Aber ich vertraute meiner Mutter. Wenn sie sagte, sie habe ihn gesehen, dann war er wahrscheinlich noch irgendwo hier.

„Thompson!“, kreischte ich und versuchte vergeblich, mich aus Officer Raines’ festem Griff zu befreien. „Wir wissen, dass Sie da draußen sind.“

„Hören Sie auf abzulenken“, polterte die Beamtin. Warum wollte sie uns nicht glauben? Wenn sie Mom und mich mit zur Wache nahm, wäre Großmutter definitiv in Gefahr und Thompson würde höchstwahrscheinlich nie vor Gericht gestellt werden.

Officer Raines führte mich zu ihrem Einsatzwagen, wobei Großmutter bei jedem Schritt auf sie eintrommelte: „Sie lassen meine Enkelin jetzt gehen!“

Das ging alles sehr schnell sehr schief. Jetzt gab es nur noch einen, der uns retten konnte …

„Octocat!“, schrie ich und reckte dabei meinen Hals über die Schulter, um einen Blick in Richtung Haus zu erhaschen. „Hilf uns!“

Wie auf Kommando kam mein lieber, süßer Kater durch seine spezielle elektronische Katzenklappe gelaufen und sah mich mit unruhigen Augen an. „Angela, ich würde dir nie und nimmer wehtun.“

„Ich weiß“, sagte ich zärtlich, was schwierig war, da mich die Polizistin immer noch festhielt. „Hilf uns. Hilf uns, Thompson zu fangen. Er ist der Mörder, nicht die Katzen.“

Officer Raines betrachtete mich mit einem mitleidigen Blick. „*Sie* könnten vielleicht davonkommen – wegen Unzurechnungsfähigkeit“, meinte sie, was ihr ganz offensichtlich missfiel.

Octocat rannte in den Hof und begann, aus vollem Hals zu brüllen. Wir beobachteten alle das Spektakel. „Jacques! Jillianne! Zeit für euren Einsatz! Lasst uns den Mörder eures Menschen zur Rechenschaft ziehen! Tut, was Katzen tun! Tut es jetzt!“

Ich weiß nicht, ob er tatsächlich wusste, wo sie sich versteckt hatten, aber einen Moment später ertönte ein schreckliches Knurren auf dem Dach, gefolgt von einem Fauchen und …

Thompson taumelte ins Blickfeld. Er musste sich hinter dem Turm versteckt gehalten haben. *Hinter meinem Turm!*

„Da ist er!", rief ich Raines laut zu und drehte mich heftig, um sie zum Hinsehen zu zwingen.

„Sir", rief die Polizistin, die ihn sofort entdeckt hatte. „Warum sind Sie hier unerlaubt eingedrungen?"

„Oh, ähm", stotterte mein Chef und fuhr sich mit den Händen über seine Anzugjacke. Von seinem Gesicht rann frisches Blut, und ich erkannte sofort das Werk einer verärgerten Katze – vielleicht auch von zweien.

Thompson griff unter seine Jacke, dann zog er eine glänzende Pistole heraus. Nun sah ich zum dritten Mal innerhalb von fünfzehn Minuten dem Tod ins Auge. Was für ein Tag!

„Lassen Sie die Waffe fallen!", brüllte Officer Raines und drückte mich zu Boden, vermutlich um mich zu schützen.

Octocat sprintete zu mir herüber und begann, mit seiner Sandpapierzunge den Schmutz von meiner Wange zu lecken. „Es tut mir so leid, Angela. Ich wurde benutzt. Schamlos benutzt. Ich würde dir nie absichtlich wehtun. Du bist mein Mensch, und ich hab' dich ganz doll lieb."

„Ich weiß", sagte ich und wünschte, ich wäre nicht gefesselt, damit ich seinen weichen, flauschigen Kopf hätte streicheln können. „Ich hab' dich auch ganz doll lieb."

Ein schrecklicher Schrei ließ uns hochfahren. Ich sah gerade noch, wie Thompson auf dem Boden aufschlug. Sein Bein war unnatürlich verdreht, und er schrie laut auf vor Schmerzen.

Ich rollte mich auf die Seite und schaute nach oben. Dort saßen unsere beiden Vermissten, Jacques und Jillianne, am Rand des Daches und leckten sich ihre haarlosen Samtpfoten. Und plötzlich passte alles zusammen. Ich wusste immer noch nicht, warum er es getan hatte, aber Thompson hatte die Sphynx-Katzen benutzt, um der Senatorin ein Bein zu stellen, und heute hatte er das Gleiche mit Octocat und mir versucht. Was für eine fiese Schikane! Was für ein Drecksack! Kein Wunder, dass die armen, verzweifelten Tiere das Verbrechen gestanden hatten.

Octocat blickte zu Jacques und Jillianne auf dem Dach und schrie vor Freude. „Sie haben getan, was Katzen tun!", und mit diesen Worten stürzte er sich auf Thompsons am Boden liegende Gestalt.

Was dann passierte, war ein Rachefeldzug. Es war

nicht schön. Er kletterte auf Thompsons Rücken und hockte sich direkt hin. Sekunden später verdunkelte ein nasser Fleck die helle Anzugjacke, und der unverkennbare Geruch von Katzenpipi vermischte sich mit der frischen Abendluft ...

„Das ist dafür, dass du versucht hast, meinen Menschen zu töten!", schrie er wütend. Dann scharrte er, immer noch auf Thompsons Rücken thronend, demonstrativ mit den Hinterbeinen und kratzte ihn dabei heftig.

Großmutter lachte und klatschte in die Hände. Ehrlich gesagt, das war auch mein Impuls, wäre ich in diesem Moment nicht gefesselt gewesen. „Herrlich", jubelte sie.

„Officer Raines", murmelte ich. Die Polizeibeamtin presste mein Gesicht immer noch auf den Boden. „Dieser Mann ist in mein Haus eingebrochen und hat versucht, mich umzubringen. Wir sind ziemlich sicher, dass er auch derjenige ist, der Senatorin Harlow getötet hat. Er wollte es wie einen Unfall aussehen lassen."

Thompson stöhnte gequält.

„Sie haben Glück, dass Sie sich bei so einem Sturz nicht das Genick gebrochen haben", meinte die Polizistin, nahm mir und meiner Mutter die Handschellen ab und ging dann hinüber, um sie stattdessen Thompson anzulegen. „Oder vielleicht auch nicht, denn Sie werden eine Menge zu erklären haben, sobald wir Sie auf die Wache gebracht haben."

Sie zwang ihn aufzustehen, und er schrie wieder vor Schmerz auf.

„Geschieht Ihnen recht!", rief Großmutter, als Officer Raines ihn auf den Rücksitz ihres Wagens verfrachtete und in die Nacht entschwand.

Nun wussten wir also, wer der Täter war, jedoch nicht, warum er es getan hatte. Das galt es noch herauszufinden …

19

Mom, Grandma und ich saßen nun um den großen Esstisch versammelt – derselbe Tisch, an dem der verstorbenen Besitzerin dieses Hauses die vergiftete Mahlzeit serviert worden war, die sie das Leben gekostet hatte. Ich versuchte, nicht zu sehr darüber nachzudenken, während ich das köstliche und redlich verdiente Essen in mich hineinschlang.

Nobelhütte hin oder her, wir aßen trotzdem Thunfisch-Nudelauflauf mit Wiener Würstchen und Semmelbröselkruste.

„Ich kann nicht glauben, dass Mr. Thompson seine langjährige Freundin getötet hat. Ich kann nicht glauben, dass er versucht hat, *mich* zu töten", sagte ich und schüttelte traurig den Kopf.

Octocat saß neben mir und schlürfte zufrieden die frische Sahne aus seinem Schälchen. Er hob den Kopf, rülpste und lächelte mich dreist an. Es war erstaunlich, wie schnell die Dinge hier zur Normalität zurückkehrten.

„Nun, du meintest, er sei kein guter Chef", bemerkte Grandma, spießte ein Würstchen auf und biss genussvoll ein Stück davon ab.

„Also, zwischen einem schlechten Chef und einem Mörder liegen ja wohl Welten", stellte Mom fest. Sie hatte im Keller eine alte Flasche Pinot Noir gefunden, den sie sich nun in großen Schlucken aus einem übervollen Weinglas zu Gemüte führte.

„Du hast den Fall geknackt", sagte ich und schenkte ihr mein schönstes Lächeln. „Du bist diejenige, die alles herausgefunden hat. *Aber wie?*"

Sie zögerte einen Moment, nahm noch einen Schluck und sagte dann: „Nun, es war nicht einfach, aber als Lou Harlows Tod als Unfall eingestuft wurde, war ich mir trotzdem ganz sicher, dass dies nicht die Wahrheit sein konnte. Und da du und Großmutter anscheinend euren eigenen Detektivclub gegründet hattet, beschloss ich, mich im Wald auf die Lauer zu legen und zu beobachten, was hier passiert. Das würde jeder gute Journalist in meiner Position tun."

„Und dann hast du gesehen, wie Thompson da herumschlich?", fragte ich gespannt.

„Ja. Als ich ihn aus einem Fenster im ersten Stock klettern sah, kam mir das schon extrem verdächtig vor. Ich meine, ein normaler Besucher würde so etwas doch nicht machen." Sie nahm einen weiteren andächtigen Schluck und seufzte. „Ich weiß allerdings immer noch nicht, warum."

„Harlow hatte vor, in den Ruhestand zu gehen. Sie wollte Thompson als ihren Nachfolger haben und ihn darauf vorbereiten", verriet ich. „Charles hat mir das heute früh erzählt."

„Hey, das hast du mir nie gesagt!", protestierte Großmutter, legte ihre Gabel weg und wischte sich mit einer Serviette den Mund ab.

„Ich habe es keinem von euch gesagt. Ich hatte noch keine Gelegenheit dazu."

„Es scheint so", sagte Mom und fuhr dabei mit dem Finger über den Rand ihres Weinglases, „als habe ihm dieser Charles Thompson einen Tipp gegeben, weshalb er sich hierher geschlichen hat."

„Charles würde mich nie in Gefahr bringen!" Mir wurde schon wieder ganz flau in der Magengegend.

„Nicht absichtlich", stimmte Großmutter zu. „Glaubst du, er wurde reingelegt?"

„Es war meine Schuld", murmelte ich. Mir

dämmerte, was geschehen war. „Ich habe Charles gebeten, ihn zu fragen, warum er an jenem Tag am Tatort war.“

„Und dadurch hat er Lunte gerochen und wusste, dass du ihm auf der Spur bist“, stellte Großmutter mit finsterem Blick fest. „Ich mochte diesen Mann noch nie so richtig.“

„Du hast ihn aber doch nie getroffen.“ Ich war gerührt, wie sowohl meine Mutter als auch meine Großmutter hinter mir standen und mich verteidigten.

Wir schwiegen für eine Weile. „Sie waren befreundet“, sagte Mom. „Er hat eine Freundin getötet. Warum und wofür – Macht?“

Es war mir schleierhaft. „Ich weiß es ehrlich gesagt nicht. Aber vielleicht schaffen es die Beamten Raines und Bouchard, es aus ihm herauszubekommen.“

„Ich hoffe wirklich, dass das jetzt der letzte Mord in Glendale für die nächsten Jahre war“, fügte Großmutter mit einem Seufzer hinzu.

„Ich nicht“, meinte Mom und erhob ihr Glas. Als Großmutter und ich uns beide fassungslos zu ihr umdrehten, sagte sie: „Was? Schließlich gibt das gute Storys.“

„Das finde ich auch“, pflichtete Octocat, der

immer noch neben mir saß, ihr bei. „Ich hatte in meinem ganzen Leben noch nie so viel Spaß."

Wir beendeten das Abendessen und Mom machte sich auf den Heimweg. Erst jetzt fiel mir ein, dass wir noch nicht dazu gekommen waren, Nans Bett von Cal hierherholen zu lassen, aber es schien ihr nichts auszumachen.

„Ich schlafe gerne auf dem Fensterplatz", sagte sie. „Es ist wie ein Abenteuer."

Ich verdrehte die Augen, wollte jetzt aber nur noch in mein Bett.

Octocat folgte mir mit ein paar Schritten Abstand. „Angela?", fragte er. „Ist das zwischen uns wieder okay?"

Wir legten uns beide aufs Bett, und ich streichelte seinen Rücken. „Natürlich ist wieder alles okay. Es war nicht deine Schuld."

Er ließ den Kopf hängen und rückte von mir weg. „Ich hätte mich mehr anstrengen sollen. Ich hätte dir mehr mit den Sphynx-Katzen helfen sollen."

„Ja, das hättest du", stimmte ich zu. Das fand ich wirklich und was das betraf, würde ich meine Meinung auch nicht ändern. „Aber wir können die Vergangenheit nicht ändern. Wir können nur versuchen, es in Zukunft besser zu machen."

Octocat schnurrte und rollte sich auf den Rücken.

„Du darfst jetzt meinen Bauch kraulen", wies er mich gnädig an.

Ich streckte meine Hand zu ihm aus, doch kurz bevor ich sein weiches Fell berührte, hielt ich inne. „Versprichst du, dass du mich nicht beißen wirst?"

„Ich verspreche, dich nie wieder zu beißen", sagte er. Also, wenn das kein leeres Versprechen war! Da konnte er jetzt noch so euphorisch und verliebt in mich sein, morgen würde er das schon wieder vergessen haben und sich von seiner schlechten Seite präsentieren. An seinen guten Absichten hegte ich jedoch keinen Zweifel.

Ich beschloss, es für heute Abend dabei zu belassen, mich stattdessen einfach nur etwas zu entspannen und mich über meinen unverhofft liebevollen Kater zu freuen. Ich streichelte ihn noch eine Weile, bis mein Telefon neben uns surrte.

„Nur eine Sekunde", sagte ich und stellte den Anruf auf laut. „Hallo?"

„Hier ist Charles", hörte ich ihn atemlos sagen.

Ich musste lächeln. „Ich weiß."

„Ich lass dich dann mal mit deinem Freund allein", verkündete Octocat, trabte aus meinem Zimmer und verschwand irgendwo im Haus. Ich war froh, dass Charles ihn nicht verstehen konnte, zumal er immer noch mit Breanne Calhoun zusammen war und ich immer noch nicht wusste, was aus mir und meiner neuen Flamme Cal werden würde, der zufällig Breannes Zwillingsbruder war.

„Ich habe von der Sache mit Thompson gehört“, sagte er. Seine Stimme zitterte, als ob er weinen würde. „Die Polizei ist heute Abend bei mir vorbeigekommen, um mich zu befragen. Sie dachten, da ich sein Geschäftspartner bin, könnte ich etwas damit zu tun haben.“

„Aber sie wissen, dass das nicht wahr ist, oder?“, brachte ich stockend hervor. Ich würde nicht zulassen, dass Charles den Kopf dafür hinhalten musste. Überhaupt hatte er ja nur etwas damit zu tun, weil ich ihn um Hilfe gebeten hatte.

„Es ist meine Schuld, dass er hinter dir her war.“ Seine Stimme brach erneut. „Wenn dir etwas zugestoßen wäre, Angie …“

„Stopp mal. Es ist nichts passiert. Mir geht's gut. Was ist los mit dir? Hat die Polizei dich schon entlastet?“

„Nicht offiziell, aber ich bin sicher, es ist nur eine Frage der Zeit.“

„Ich versuche immer noch herauszufinden, warum Thompson seine alte Freundin getötet hat.“ Ich begann, auf meinen Daumennägeln herumzukauen. Zum Glück konnte Charles das nicht sehen und meine Mutter war nicht hier, um mir wegen dieser fiesen Angewohnheit wieder auf die Finger zu klopfen.

„Ich glaube nicht, dass das seine Absicht war", antwortete Charles. „Meine Vermutung ist, dass er sie zwar verletzen wollte, aber nur so viel, dass sie vorzeitig zurücktritt, damit er ihren Platz einnehmen kann."

„Aber warum?"

„Hoffentlich wird er alles gestehen, was auch immer seine Motive waren. Ich könnte mir schon vorstellen, dass er und Harlow geteilter Meinung über die Pipeline waren. Umweltthemen lagen ihnen zwar beiden am Herzen, aber Thompson war vielleicht eher bereit, seine persönlichen Werte über den Haufen zu werfen, wenn es sich für ihn lohnte."

„Das ist ja widerlich!" Ich spuckte leicht und wischte mir den Mund mit der Rückseite meines Arms ab.

„Ja, das ist es", stimmte Charles zu. „Aber dir geht es wirklich gut, ganz sicher?"

„Ganz sicher", beruhigte ich ihn. „Hey, ich hab dir noch gar nicht gratuliert. Du hast Grandmas Haus gekauft. Glückwunsch!"

Er lachte. „Ach das. Ja, ich habe gute Erinnerungen an unsere gemeinsame Arbeit am Calhoun-Fall dort.“

„Gute Nacht, Charles“, sagte ich und grinste dabei sicher wie ein Honigkuchenpferd. Vielleicht hatte ich ja doch noch eine Chance bei ihm.

„Bist du fertig?“, fragte Octocat, der gerade in der offenen Tür stand.

„Ja. Kuscheln wir jetzt noch eine Runde?“, fragte ich und klopfte auf das Bett neben mir.

Seine Augen funkelten. „Angela, nicht in Gegenwart von Gästen!“ Er trat zur Seite und gab den Blick auf Jacques und Jillianne frei, die hinter ihm warteten. Sie konnten mich nicht so verstehen, wie Octocat mich verstand, aber das war wohl nebensächlich.

„Sorry“, murmelte ich und setzte mich im Bett auf. „Kommt rein.“

Alle drei Katzen gesellten sich zu mir und machten es sich auf meiner Bettdecke gemütlich.

Ich wartete darauf, dass Octocat erklärte, was vor sich ging, und nach einer kurzen, merkwürdigen Stille tat er das auch: „Ich weiß, dass du immer noch Fragen dazu hast, was passiert ist, also bin ich losgezogen und habe die beiden für dich hergebracht.“

„Aber du kannst sie doch nicht leiden“, flüsterte ich und bedeckte meinen Mund, nur für den Fall, dass sie irgendwie meine Lippen lesen konnten.

Er zuckte mit den Schultern. „Sie sind nervig, aber auch irgendwie cool. Hast du gesehen, wie sie den Typen vom Dach gestoßen haben? Das war der Wahnsinn."

Ich lachte und streckte meine Hand aus, um die kleinere der beiden Nacktkatzen, Jacques, zu berühren. Seine Haut war erstaunlich weich – nicht glitschig und kalt, wie ich erwartet hatte.

Jillianne kam näher, um sich ebenfalls ein paar Streicheleinheiten abzuholen, aber Octocat hüpfte auf meinen Schoß und miaute eine Warnung. „Pfoten weg von meinem Menschen!", rief er.

Darüber musste ich wieder lachen. Ich liebte es, wenn Octocat stolz auf mich und unsere Beziehung war. Er trug sein Herz einfach auf der Zunge, was mir einerseits schonungslose Beleidigungen, andererseits aber auch sehr süße Komplimente einbrachte.

„Okay", sagte er, als sie sich beide ans Fußende des Bettes zurückgezogen hatten. „Was willst du wissen?"

„Du hattest erwähnt, dass da ein roter Punkt gewesen sei, als du mich – ich meine, als ich auf der Treppe hinfiel. Haben sie auch einen roten Punkt gesehen?"

Die Katzen tauschten sich miauend aus, und ich lehnte mich zurück und beobachtete das Spektakel fasziniert. Ein paar Minuten später berichtete mir Octocat: „Ja, ein leuchtender roter Punkt. Ein Laserpointer."

„Aber wenn du weißt, dass es ein Laserpointer ist, warum jagst du ihn dann?" Das war mir nicht klar.

Er wollte sich erneut an die beiden wenden, aber ich hielt ihn zurück. „Nein, das frage ich dich."

„Es steckt keine bewusste Entscheidung dahinter, wenn wir dem leuchtenden roten Punkt hinterherjagen", erklärte er mir mit ernster Miene. „Manche Dinge sind einfach so gegeben. So wie die Sonne aufgeht und der Hahn kräht, jagt eine Katze dem leuchtenden roten Punkt hinterher."

„Wer spricht denn jetzt in Rätseln?", fragte ich schmunzelnd. „Das war unglaublich poetisch."

Er verdrehte die Augen. „Willst du, dass ich dir helfe oder nicht?"

„Ja, bitte." Ich tätschelte ihm entschuldigend den Kopf. „Würdest du sie bitte fragen, warum sie immer in dieser kalten Ecke saßen?"

„Oh, das weiß ich schon", sagte Octocat. „Sie haben sich selbst bestraft."

„Sich selbst bestraft?", fragte ich ungläubig und hatte großes Mitleid mit den armen haarlosen Kätzchen.

Er nickte. „Katzen lieben Wärme, und diese

beiden hier brauchen noch mehr Wärme als die meisten von uns. Sie haben sich so schlecht gefühlt, weil sie ihren Menschen getötet haben, dass sie beschlossen, sich selbst dafür zu bestrafen."

„Wissen sie denn, dass es nicht ihre Schuld ist?"

Er schüttelte den Kopf. „Ich bin mir nicht sicher. Ich habe versucht, es ihnen zu erklären, aber sie sind immer noch ziemlich bestürzt."

„Ach, ihr armen Dinger", gurrte ich und rutschte ans Ende des Bettes, damit ich sie wieder streicheln konnte.

„Angela, wir werden sie nicht behalten", warnte Octocat.

„Das ist okay", sagte ich mit einem Lächeln und gab ihm noch eine beruhigende Streicheleinheit. „Ich habe bereits die perfekte Katze, und außerdem habe ich auch schon eine super Idee, wer ein perfekter neuer Mensch für die beiden sein könnte."

20

nzwischen ist es schon ein paar Wochen her, seitdem Grandma, Octocat und ich in unser neues Haus eingezogen sind, und mittlerweile fühlt es sich wirklich wie ein Zuhause an. Das Beste daran – abgesehen davon, dass wir alle zusammen sind, natürlich – ist die neue Bibliothek, die Cal für mich gemacht hat. Ich habe meinen Schreibtisch hineingestellt und verbringe nun viel Zeit damit, dort zu lesen, zu recherchieren oder einfach nur in den sozialen Netzwerken unterwegs zu sein. Ich versuche, mich mehr über aktuelle Ereignisse zu informieren, denn schließlich hätte ich aufgrund aktueller Ereignisse beinahe mein Leben gelassen.

Mom könnte nicht stolzer sein.

Mein ehemaliger Boss, Mr. Thompson, bekannte sich des Totschlags schuldig. Wie Charles vermutet hatte, wollte er Lou Harlow nicht umbringen, sondern die Senatorin „nur" ein bisschen außer Gefecht setzen. Er gestand, dass er sich an der Treppe zu schaffen gemacht und ihr bei der Wohltätigkeitsveranstaltung in jener Nacht etwas ins Getränk gemischt hatte. Und ja, er hat ihre eigenen Katzen gegen sie verwendet. Mit Hilfe eines leuchtenden roten Punkts wurden Jacques und Jillianne zu einer tödlichen Mordwaffe. Thompson wollte das Ganze wie einen Unfall aussehen lassen, aber er hatte nicht damit gerechnet, dass ich und mein Team von Superdetektiven ihm einen Strich durch die Rechnung machen würden.

Er behauptete, er habe auch nicht versucht, *mich* zu töten, sondern wollte mir nur einen Schrecken einjagen, aber das kaufte ich ihm nicht ab. Keiner tat das. Er brauchte allerdings auch niemanden mehr von irgendetwas überzeugen, denn seine Anwaltslizenz war bereits für immer einkassiert worden und er würde nie wieder die Möglichkeit haben, Senator zu werden. Die einzige Frage war jetzt nur noch, wie lange er ins Gefängnis kommen würde. Ich hoffte, lange.

Jacques und Jillianne scheinen sich nun endlich selbst verziehen zu haben, und obwohl sie ihre ehemalige Besitzerin noch immer vermissen, haben sie jetzt einen richtig guten neuen Katzenpapa. Nicht Matt hat die beiden adoptiert, sondern Charles Longfellow III. Ich wusste, dass er sich einsam fühlte, seit Yorkie Yo-Yo ausgezogen ist. Und da er ohnehin gerade dabei war, sich häuslich niederzulassen, hatte ich die perfekte Idee, wie er sich in seinem neuen Heim ganz schnell zuhause fühlen würde: mit zwei neuen, vierbeinigen Mitbewohnern!

Er fand sie nicht einmal unheimlich. Aber schließlich kam er ja auch aus Kalifornien. Ich schätze, deshalb konnte er mit vielen seltsamen Dingen umgehen, ohne mit der Wimper zu zucken.

Der Sohn der Senatorin, Matt, hat sich auch dazu entschieden, in Blueberry Bay zu bleiben. Er sagte, er wolle das Erbe seiner Mutter fortführen und kämpft derzeit mit seiner Ex darum, dass er seine beiden Kinder den Sommer über zu sich holen darf. Er hofft, ihnen damit eine schöne Kindheit bieten zu können, wie er sie selbst hatte – mit dem Meer um die Ecke. Er ist ein netter Nachbar, jetzt, wo ich keine Angst mehr vor ihm habe, obwohl er sein Haus verkaufen und in ein kleineres ziehen will, damit er mehr Geld für den Lou-Harlow-Stipendienfond zur Verfügung hat.

Die verstorbene Senatorin hat auch in Washington ihre Spuren hinterlassen. Als Matt ihre Sachen sortierte, fand er einen weitgehend fertiggestellten Vorschlag für einen neuen Windpark, genau hier in unserem wunderbaren Staat Maine. Sie hatte noch keine Gelegenheit gehabt, ihn dem Senatsausschuss zu präsentieren, aber Matt sorgt dafür, dass er in die richtigen Hände gelangt.

Also, alles hat sich zum Guten gewendet. Zwar nicht gerade mit Glanz und Gloria, aber ... man nimmt, was man kriegen kann.

Jetzt hatten wir nur noch eine wichtige Angelegenheit zu erledigen, und heute war der große Tag gekommen. Meine neue Türklingel bimmelte und spielte eine charmante, altmodische Melodie, für die sich Großmutter nach schier endlosem Hin und Her entschieden hatte.

„Ich komme!", rief ich, rannte die Treppe hinunter und riss die Tür auf.

Meine Mutter sah nervös aus, aber ich war ganz entspannt. Ich umarmte sie fest und führte sie dann nach oben in meine neue Bibliothek, die sie noch nicht gesehen hatte.

„Wow, Angie. Es ist traumhaft", rief sie begeistert.

Ich signalisierte ihr, am Fenster Platz zu nehmen. Ich hatte es bereits weit geöffnet, um die laue Frühlingsluft hineinzulassen. Dieser Raum war längst kein Gefängnis mehr, sondern eher ein Zufluchtsort.

„Das ist es", stimmte ich mit einem glücklichen Seufzer zu. „Aber das ist nicht der Grund, warum ich dich heute hierher eingeladen habe."

„Oh?" Mom legte die Hände in den Schoß und wartete gespannt.

„Da ist jemand, mit dem ich dich bekannt machen möchte. *Octocat!*", rief ich, und Sekunden später kam mein Katzen-Komplize zu uns gerannt.

Mom lachte. „Aber Octocat kenne ich doch", sagte sie und streckte die Hand aus, um seinen weichen, getigerten Kopf zu streicheln.

Ich lächelte und schüttelte den Kopf. „Nein, das meine ich nicht – willst du mit ihm reden?"

Sie zog die Augenbrauen hoch, und ihr Blick wanderte von mir zu Octocat und wieder zurück. „Wie?"

„Durch mich." Ich legte meine Hand auf ihre, und ihre Augen strahlten vor Freude.

„Wirklich?"

„Wirklich." Ich drückte ihre Hand und ließ sie los.

Mom konnte ihre Aufregung nicht verbergen, selbst wenn sie es versucht hätte. „Ich habe so viele Fragen! Wie funktioniert es? Kann er auch andere Tiere verstehen? Kann er mich verstehen? Was hat die Kaffeemaschine mit all dem zu tun?"

Ich lachte wieder, doch sie wirkte auf einmal ernst und verkrampft. Ich legte einen Arm um sie, um ihr zu zeigen, dass es in Ordnung war.

„Das sind alles gute Fragen", sagte ich. „Lass sie uns ihm der Reihe nach stellen."

Wie geht es weiter?
Finde es schnell heraus …

Fellnasen-Verbrecher **ist jetzt erhältlich.**

Sichere dir noch heute dein Exemplar, damit du direkt mit der Fortsetzung dieser verrückten Krimiserie weiterlesen kannst!

* * *

Und vergiss nicht, dich in Mollys Liste einzutragen, damit du über alle Neuerscheinungen, monatlich stattfindende Verlosungen und weitere coole

Aktionen (einschließlich jeder Menge Katzenfotos) informiert bleibst.

Hole dir noch heute dein persönliches Exemplar und fange direkt an zu lesen.
Katzengeheimnisse.com/abonnieren

WIE GEHT ES WEITER?

Octocats sieben Leben stehen auf dem Spiel, als er und Angie endlich herausfinden, warum sie miteinander sprechen können …

Offensichtlich habe ich in meinem Job als Anwaltsgehilfin nicht genug rangeklotzt, auch wenn die Kanzlei nicht weiß, dass ich heimlich als die beste und einzige Tierflüsterer-Detektivin der Gegend arbeite und hinter den Kulissen höchst knifflige Fälle löse. Jetzt haben sie einen Praktikanten eingestellt, der mich „unterstützen" soll, damit ich mein Arbeitspensum schaffe …

Aber meine Chefs haben anscheinend keine Ahnung, dass sie sich einen fiesen Kriminellen mit ins Boot geholt haben. An dem Typen ist etwas faul, das könnte ich schwören, und mein Kater Octocat hat das schon auf einen Kilometer gegen den Wind gewittert. Und das Schlimmste daran? Ich bin mir ziemlich sicher, dass auch er mit Tieren sprechen kann … und dieses Talent ganz sicher nicht dazu nutzt, um Verbrechen aufzuklären und sich für Gerechtigkeit einzusetzen.

Ich habe mich immer gefragt, wie ich durch den Stromschlag einer alten Kaffeemaschine zu übernatürlichen Fähigkeiten gekommen bin. Jetzt ist es an der Zeit, das ein für alle Mal herauszufinden. Denn ich befürchte, dass ich diese Fähigkeiten – und noch dazu meinen treuen sprechenden Katzenkumpel – für immer verlieren könnte.

WARNUNG! *Dieses Buch enthält einen Hauch von Magie. Denn wie sonst ließe sich Angies plötzliche Verwandlung zur Tierflüsterin, die ihr Leben völlig auf den Kopf gestellt hat, erklären? Wenn dir paranormale Phänomene nicht geheuer sind, dann spring besser direkt zum 5. Band der Octocat-Saga, TIERISCHE TÄUSCHUNG.*

Hole dir noch heute dein persönliches Exemplar und fange direkt an zu lesen.

Viel Spaß!

KURZE VORSCHAU
FELLNASEN-VERBRECHER

Hi, ich bin Angie Russo, und ich lebe in einer alten Villa an der US-amerikanischen Ostküste. Das klingt erst mal toll, doch mein Leben ist mitunter ganz schön hart. Und das Haus gehört mir auch nicht wirklich, sondern vielmehr meinem Kater, denn immerhin ist es sein Treuhandfonds, durch den sich die Hütte finanziert.

Das mag wie ein Sechser im Lotto klingen, ich weiß, aber eine sprechende Katze, die dich tagein, tagaus herumkommandiert, kann dir das Leben echt zur Hölle machen.

Ja, das stimmt wirklich:

Meine Katze kann sprechen.

Das heißt, wir verstehen uns gegenseitig und reden miteinander. Ich bin mir nicht sicher, wie oder warum wir diese seltsame Verbindung haben, aber es funktioniert. Und so sehr ich mir auch oft wünsche, eine genaue Erklärung dafür zu bekommen – manchmal muss man die Dinge einfach annehmen, wie sie sind. Es ging alles wahnsinnig schnell damals, als es passierte. Ich fuhr zur Arbeit ohne irgendwelche besonderen Fähigkeiten, was die Kommunikation mit Tieren angeht, wurde durch den Stromschlag einer defekten Kaffeemaschine ausgeknockt, und als ich wieder zu mir kam – *Simsalabim* –, konnte ich mich plötzlich mit diesem Kater unterhalten.

Ich habe beschlossen, es als einen Schicksalsschlag zu betrachten, denn es fühlt sich wirklich so an, als wären Octocat und ich füreinander bestimmt. Allein in den letzten sechs Monaten haben wir durch unsere unglaubliche Teamarbeit drei unterschiedliche Mordfälle aufgeklärt. Ich schätze, das ist auch der Grund, warum ich den Rat meiner Mutter in Betracht ziehe, offiziell eine Detektei zu eröffnen. Sie hat mir den Namen „Miss Doolittle, die Tierflüsterer-Detektivin" verpasst, und zwar nicht, damit die ganze Welt von meinem seltsamen Talent erfährt – das möchte ich ganz und gar nicht –, sondern weil wir eine Ausrede brauchten, damit ich Octocat auf meine Schnüffel-Touren mitnehmen kann.

Schließlich wäre ich kein guter Sherlock ohne meinen Watson. Okay, wahrscheinlich *bin ich* der Watson in unserer Beziehung. Wer jemals eine Katze hatte, wird verstehen, was ich meine.

Trotzdem muss ich zugeben, dass sich mein ganzes Leben zum Besseren gewandelt hat, seit Octocat ein Teil davon ist. Davor war ich recht ziellos unterwegs und ließ mich von einem Studienfach zum nächsten treiben. Mit welchem Ergebnis? Jetzt habe ich sieben Associate Degrees, also sieben halbe Bachelor-Abschlüsse, weil ich mich nicht auf ein Hauptfach festlegen konnte.

Nie fühlte sich etwas wirklich richtig an, als würde es genau zu mir passen, aber ich habe es trotzdem weiter versucht, weil ich wusste, dass irgendwo da draußen mein Traumjob wartete – auch wenn mir noch nicht klar war, was das sein könnte.

Das Streben nach höheren Dingen scheint bei uns wohl in der Familie zu liegen, allerdings habe ich mir lange Zeit Sorgen gemacht, dass ich völlig aus der Art schlagen und dass es bei mir niemals klappen würde.

Meine Großmutter folgte in jungen Jahren ihrem Traum und wurde ein Star am Broadway, und meine Mutter ist inzwischen zur bekanntesten Nachrichtensprecherin von ganz Blueberry Bay avanciert. Auch mein Vater hat sich selbst verwirklicht: Er ist der

Sportmoderator des Fernsehsenders, für den auch meine Mom arbeitet.

Jetzt endlich, nach einer langen, verzweifelten Suche, wurden meine Hoffnungen und Gebete endlich erfüllt, und ich habe den perfekten Beruf für mich gefunden – Privatdetektivin. Was soll's, wenn ich noch nicht dafür bezahlt werde? Das könnte ich wahrscheinlich ändern, wenn ich alles daransetzen würde, mein Business ans Laufen zu kriegen.

Aber ich möchte meine Kanzlei „Longfellow, Peters & Associates" nicht im Stich lassen. Wir sind ein gutes Team, und ich bin richtig stolz, dass meine Kollegin Bethany Peters, mit der mich eine Art Hassliebe verbindet, zur neuen Anwaltspartnerin ernannt wurde. Selbst wenn ich mir sicher bin, dass die Firma mit ihr und Charles jetzt in den besten Händen ist, aber dort aufhören, um sich selbständig zu machen?

Diesen Gedanken finde ich ziemlich beängstigend.

Ich bin zwar im Moment nur in Teilzeit beschäftigt, jedoch sind diese zwanzig Stunden pro Woche gut investierte Zeit, denn ich weiß, dass ich etwas bewirke. Und trotzdem juckt es mich in den Fingern ...

Verflixte Kiste. Es ist mir noch nie so schwergefallen, einen Job aufzugeben. Warum kann ich nicht einfach meine Kündigung einreichen und sagen: „Bis dann mal?"

Vielleicht sehnt sich ein Teil von mir immer noch nach einer Chance bei Charles, natürlich vorausgesetzt, dass er dieser nervigen Immobilienmaklerin, mit der er zusammen ist, den Laufpass gibt. Möglicherweise spielt auch Bethany eine Rolle, wo wir doch so hart daran gearbeitet haben, unsere Differenzen zu überwinden.

Wahrscheinlich ist mir auch nicht wohl bei der Vorstellung, die Tage und Nächte rund um die Uhr zu Hause zu verbringen, in Gesellschaft meines kratzbürstigen Katers. Großmutter lebt zwar jetzt auch bei uns, aber Octocat lässt seine Launen nur an mir aus. Aber das ist wohl kein Wunder, da ich der einzige Mensch bin, der ihn versteht.

Letzten Endes verlangt uns das Leben hin und wieder harte Entscheidungen ab.

Nur war ich noch nie so gut darin, sie zu treffen.

Daher warte ich besser noch ein paar Wochen ab. Vielleicht wird sich der richtige Weg ganz von selbst ergeben. Ja, ich denke, das klingt nach einem Plan.

Und bis es so weit ist, werde ich einfach weiter darauf hoffen, dass ich es irgendwann schaffe, meinen ganzen Mut zusammenzunehmen und meinen Plan in die Tat umzusetzen. Zuerst muss ich mir jedoch absolut sicher sein, dass es wirklich das ist, was ich will, aber dann …

Nehmt euch in Acht, ihr da draußen, denn hier kommt Angie Russo!

* * *

ch habe Muffins mitgebracht!", verkündete ich, als ich an diesem Morgen mit zehn Minuten Verspätung in der Firma eintrudelte. Es fiel mir immer noch schwer, mich auf meinen neuen Arbeitsweg zeitlich einzustellen, aber ich hoffte, dass Grandmas selbstgemachte Küchlein meine Unpünktlichkeit mehr als wettmachen würden.

„*Ähem*", räusperte sich jemand, der am Schreibtisch neben der Tür saß. An *meinem* Schreibtisch.

Ich wirbelte so schnell herum, dass ich den Korb fallen ließ und die schönen Muffins alle auf den Boden purzelten. Großmutters mühevolle Arbeit war von einem Moment auf den anderen ruiniert. Wie gut, dass sie so gerne backte und wahrscheinlich schon eine neue Ladung zu Hause bereithielt.

„Komm, ich helfe dir", sagte der fremde Typ und eilte herbei, um die Muffins mit einzusammeln, aber auf diese Hilfe konnte ich wirklich gut verzichten.

Der sollte besser verschwinden. Wer war dieser Eindringling überhaupt, und was wollte er hier? Ich beobachtete ihn aus den Augenwinkeln. Er wirkte groß und schlaksig, hatte weiß-blonde Haare und trug eine betont große, schwarz umrandete Brille.

„Oh, gut", rief Bethany erfreut und klatschte einmal in die Hände, während sie lächelnd auf uns zukam. „Du hast Peter schon kennengelernt."

„Peter?", fragte ich stirnrunzelnd, als er mir zur Begrüßung die Hand entgegenstreckte. Jetzt, wo er mir direkt gegenüberstand, sah ich, dass er ein offenes Hemd trug und darunter ein T-Shirt mit dem Aufdruck: „*Schon wach? Ja. Bereit? Haha!* Wie reizend. Abgerundet wurde sein Outfit durch eine zerknitterte, kakifarbene Cargohose. Meine Ex-Chefs, Fulton und Thompson, hätten das zu ihrer Zeit *niemals* durchgehen lassen. Auch wenn die Firma ohne sie jetzt besser dran war, aber konnten wir nicht wenigstens versuchen, wie Profis auszusehen?

„Du bist Angie, richtig?", fragte Peter, schnappte sich einen der Blaubeer-Muffins, die auf dem Boden gelandet waren, und stopfte ihn sich mit großen Augen in den Mund. „*Mmm*", schmatzte er und zeigte darauf. „Superlecker."

Ich mochte diesen Kerl von Minute zu Minute weniger, aber Bethany schien so begeistert zu sein, uns einander vorzustellen, dass ich mich zu einem Lächeln zwang und ihm trotz meiner inneren Abneigung die Hand schüttelte.

„Peter ist unser neuer Praktikant", erklärte sie. „Er wird dich unterstützen, dein Arbeitspensum zu schaffen."

„Ich brauche keine Hilfe, um mein Pensum zu schaffen", schoss ich zurück und entzog mich Peters Griff, da er unhöflicherweise immer noch meine Hand festhielt.

Bethany runzelte die Stirn. „Das stimmt so nicht ganz. Es ist für uns alle schwieriger geworden, seitdem du nur noch halbtags arbeitest, aber das ist schon in Ordnung. Peter wird die Dinge wieder ins Lot bringen. Er ist der perfekte Mann dafür."

Ja klar, also mein Umstieg auf eine Teilzeitstelle war das Problem und nicht die Tatsache, dass in diesem Jahr die Kanzleipartner *Bäumchen wechsle dich* gespielt hatten.

„Was genau sind seine Qualifikationen?", wollte ich wissen und bedachte ihn mit einem kühlen Blick.

Peter schob sich die restlichen Muffin-Krümel in den Mund und nuschelte: „Ich bin ihr Cousin und arbeite für den Mindestlohn."

Bethany warf ihm einen bösen Blick zu, der mir bestätigte, dass er sie auch nervte. Immerhin fühlte ich mich jetzt ein bisschen besser bei der ganzen Sache. „Wirklich, Peter. Das geht doch niemanden etwas an, also bitte hör auf, das so herumzuposaunen."

„Tut mir leid", murmelte er achselzuckend, doch anscheinend war es ihm in Wirklichkeit völlig egal.

Warum war er hier? Ich bin vielleicht nicht die beste Anwaltsassistentin der Welt, aber sicher um Längen besser als dieser Typ. Er hatte wahrscheinlich nicht mal einen Abschluss. Das konnte doch nicht wahr sein. Ich hasste diesen Peter und alles an ihm, obwohl ich nicht genau wusste, warum.

„Warte mal", sagte ich, als mir etwas klar wurde. „Dein Name ist Peter Peters? Das klingt wie ein Superheld."

„Oder ein Superschurke", konterte er mit einem weiteren Achselzucken und setzte dabei ein seltsames Lächeln auf.

„Wie auch immer", unterbrach uns Bethany und inspizierte dabei ihre glänzenden Lackpumps, wohl um sich zu vergewissern, dass keine Muffin-Krümel daran klebten. „Heute ist Peters erster Tag, weshalb ich ihn gebeten habe, ein bisschen früher zu kommen. Könntest du ihm helfen, damit er schnell startklar ist? Ihm zeigen, wie hier alles läuft?"

„Wie was läuft?", erwiderte ich missbilligend.

Babysitter für einen nervigen Kerl zu spielen, der hier nur dank reiner Vetternwirtschaft einen Job bekommen hatte, stand normalerweise nicht auf meinem morgendlichen Arbeitsplan.

Nein, eigentlich hätte ich genau in diesem Moment in Bethanys Büro sein sollen, um mich mit einer Tasse ihres köstlichen Kaffee zu stärken, den sie immer für mich aufbrühte. Ich selbst würde nie mehr im Leben eine Kaffeemaschine anfassen, aber es gab mir immer einen Kick, wenn jemand anderes bereit war, den Barista für mich zu spielen.

„Nur die Sachen, die du normalerweise auch machst", antwortete sie mit einer wegwerfenden Geste und wandte sich ab. „Wenn mich einer von euch braucht, ich bin in meinem Büro. Ich habe fast den ganzen Vormittag Termine mit Mandanten, sollte aber um die Mittagszeit wieder Luft haben."

„Okay, bis dann", sagte ich und drehte mich resigniert zu meinem neuen Praktikanten um. Das dürfte so ziemlich der schlimmste Arbeitstag aller Zeiten werden.

Er lächelte und winkte seiner Cousine hinterher. Mit einem „Tada!" wandte er sich alsdann zu mir und rief: „Okay, dann zeig mir mal, wie ich du sein kann, wenn ich groß bin."

Das hat er nicht wirklich gesagt!

Damit war das Thema Kündigung für mich erst mal vom Tisch. Ich konnte die Kanzlei auf keinen Fall mit diesem Trampeltier von Anwaltsgehilfen alleinlassen. Ich wünschte mir, man könnte ihn wie im Film ratzfatz umstylen und einen anderen Menschen aus ihm machen. Die Szenen dazu hatte ich schon im Kopf, untermalt von einem meiner Lieblings-Popsongs aus den 80ern. Job erledigt und weiter geht's! Nur leider funktioniert das im echten Leben nicht.

„Lass uns erst mal dein E-Mail-Konto einrichten", seufzte ich und ging an meinen Schreibtisch, den wir uns nun anscheinend teilen mussten.

„Ja, cool. Und wann bekomme ich mein Firmen-iPhone?" Er legte den Kopf schief und watschelte dann hinter mir her wie ein verlorenes kleines Entlein.

„Was? Warum sollten wir dir ein eigenes Handy geben?"

„Äh, hallo. FaceTime." Dabei formte er mit seinen Händen ein Rechteck von der Größe eines Smartphones vor seinem Gesicht.

Ab dem Moment fand ich ihn nicht mehr einfach nur nervig, sondern schlichtweg gruselig. FaceTime war genau die App, die ich benutzte, um meinen Kater von der Arbeit aus anzurufen. Unser Seniorpartner Charles hatte es einmal mitbekommen, als er noch ganz neu in der Kanzlei war, und mich dann mehr oder weniger erpresst, ihm mit Octocat bei einem vertrackten Fall zu helfen. War es nur ein Zufall, dass dieser Peter Peters jetzt darauf anspielte?

Oder wusste er etwas, das mich in sehr große Schwierigkeiten bringen könnte?

Oh, das gefiel mir nicht. Das gefiel mir ganz und gar nicht.

Hole dir noch heute dein persönliches Exemplar und fange direkt an zu lesen.

ÜBER MOLLY FITZ

Obwohl USA-Today-Bestsellerautorin Molly Fitz genau genommen nicht mit Tieren sprechen kann, führen sie und ihre drei tierischen Co-Autoren oft tiefgründige und lebhafte Gespräche, während sie den alltäglichen Dingen des Lebens nachgehen.

Molly lebt mit ihrem Kind und ihrem eigenen Privatzoo irgendwo in der Wildnis von Alaska. Gelegentlich wagt sie sich hinaus, um ein exquisites Essen zu genießen, einen guten Kaffee zu trinken oder neue Tierfreunde zu treffen.

Erfahre mehr über Molly und ihre deutschen Veröffentlichungen, indem du dich gleich für ihren Newsletter anmeldest:

www.katzengeheimnisse.com

MISS DOLITTLES GEHEIMNIS

Angie Russo hat sich gerade mit dem ersten sprechenden Katzendetektiv von Blueberry Bay zusammengetan. Gemeinsam mit seiner bunt zusammengewürfelten Schar menschlicher und tierischer Helfer ist Octocat fest entschlossen, jede Situation zu retten – solange sie nicht mit seinem persönlichen Zeitplan kollidiert.

Viel Spaß mit Band 1 – **Kommissar Katerchen**

MERLINS MAGISCHE ABENTEUER

Gracie Springs ist keine Hexe ... ihr Kater hingegen schon. Jetzt muss sie alles in ihrer Macht Stehende tun, um sein Geheimnis zu wahren, oder sie riskiert, den Rest ihres Lebens in einem magischen Gefängnis zu verbringen. Zu dumm, dass sie den Ärger geradezu magnetisch anzuziehen scheint!

Viel Spaß mit Band 1 – **Merlin findet eine Vertraute**

AGENTUR FÜR PARANORMALE ZEITARBEIT

Tawny Bigfords gewöhnlich zu nennendes Leben nimmt eine magische Wendung, als sie über die Leiche ihrer Vermieterin stolpert und von einer sprechenden schwarzen Katze rekrutiert wird, die Rolle der Verstorbenen als offizielle Stadthexe von Beech Grove, Georgia, zu übernehmen.

Viel Spaß mit Band 1 – **Eine Hexe für alle Gelegenheiten**

DAS GEISTERHAFTE GÄSTEHAUS (MIT TRIXIE SILVERTALE)

Sydney Coleman hat alles erreicht – und doch steht sie irgendwann vor dem Nichts. Gerade, als sie ihr neues Bed and Breakfast eröffnen will, stellt sich ihr ein Geistertrio auf Schritt und Tritt in den Weg. Die Geister bestehen darauf, dass sie den Mord an ihrer Herrin aufklärt, aber Sydney braucht dringend Geld. Wenn nicht bald ein paar zahlende Gäste eintreffen, ist ihre Spukvilla dem Untergang geweiht.

Viel Spaß mit Band 1 – *Mörderischer Mondschein*

VERBINDE DICH MIT MOLLY

Wenn du ebenfalls ein großer Fan von spannenden, schrägen Tierkrimis bist, sollten wir unbedingt Freunde werden.

Wie wäre es, wenn du direkt einmal meine Facebook-Seite besuchst, die ich speziell für meine treuen deutschen Leser eingerichtet habe? Hier der Link dazu:

Facebook.com/Katzengeheimnisse

Oder melde dich für meinen Newsletter an und sichere dir als Abonnent gratis ein digitales Geschenkpaket, einschließlich einer exklusiven Kurzgeschichte über Octocat:

Katzengeheimnisse.com/Abonnieren

www.ingramcontent.com/pod-product-compliance
Lightning Source LLC
Chambersburg PA
CBHW050305110726
47899CB00007B/2123